El Autobús del Tiempo

José F. Nodar

Northport Booksellers/ Spring Farm NSW Australia

Spring Farm NSW Australia/ José F. Nodar Primera edición

Traducción: Rosa Montecillo Cortés

ISBN 978-0-9756281-6-4 – Tapa blanda

ISBN 978-0-9756618-5-7 – Publicación electrónica

Dedicación

Para Miriam

Eternamente in mi corazón

"¿Estás seguro de que no quieres que te espere, Jake?" Pregunta Jéssica.

"No, Jessie, estaré bien. Tú haces las compras para el cumpleaños de Milly y para ti y me das aproximadamente una hora. Ese es todo el tiempo que necesito. Te llamaré si necesito más. De todos modos, puede que no signifique nada".

Mientras alcanzo la manija de la puerta, Jessie vuelve a preguntar: "Jake, ¿qué te impulsó a leer sobre esto en el periódico local? ¿Desde cuándo estás interesado en una caravana?

Mi mente vaga hacia el anuncio que leí: *Autobús escolar amarillo Blue Bird de 1957. Perfecto estado. Precio razonable. Consulta en U-Wrecks en Northport al sur de Western Avenue. Pregunta por Pauly.* El autobús Blue Bird Yellow fue fundado en 1932 en Fort Valley, Georgia, Estados Unidos. ¿Cómo acabó aquí algo así?

Después de una exitosa experiencia como consultor de negocios, me jubilé en 2014. De repente, tuve mucho tiempo para pasar con mis personas favoritas: mi esposa Jessica, mis hijos Martin y Ed, mi hija Anna y los tres maravillosos nietos que nos dieron. También tuve la libertad de dedicarme a mis aficiones: coleccionar libros, escribir y, por supuesto, la música. Siempre hay música.

Un día, mientras investigaba en línea, me topé con el anuncio del autobús y de inmediato quedé intrigado. Como tengo todo el tiempo del mundo y Jessie necesitaba hacer algunas compras, pensé, ¿por qué no echarle un vistazo? Así que aquí estoy, a punto de ver si este "autobús en perfecto estado" realmente es de 1957. Debería estar impecable a los ojos de quien lo mira.

"Estaba leyendo el periódico local y luego miré los clasificados por diversión y ahí estaba. Por cierto, no es una caravana, pero podría ser una caravana divertida. Tenemos espacio atrás si decidimos comprarlo y hacer una conversión".

"¿Qué es exactamente lo que vas a mirar a Jake?

"Es un autobús escolar estadounidense, del tipo amarillo que se ve en las películas y programas de televisión estadounidenses. Tengo curiosidad por saber cómo llegó aquí a Northport".

Jessie, siempre paciente, me sonríe.

"Está bien, Jake. Simplemente no lo compres sin consultarlo primero conmigo. Compraste cosas en el pasado sin consultarme y me ha molestado, ¿recuerdas? Sé que tenemos ese gran cobertizo en la parte de atrás listo para llenarlo con cosas, pero ahora no es el mejor momento para acumular basura. Tenemos mucho que viajar este año. ¿Comprendido?"

¿Qué puedo hacer? Sonrío y respondo: "Sí, cariño", y salgo del auto. Jessie me saluda y se marcha.

Mientras camino hacia la oficina, me sorprende lo que veo; El patio de U-Wrecks en Northport no es lo que esperaba. Para ser un desguace, está bastante bien. El lugar parece bien organizado, sin nada fuera de lugar. Los coches antiguos alineados según modelo (al parecer), o por orden de año, lo que facilita la localización de repuestos.

Entro y detrás del mostrador encuentro a un hombre que supongo que es Pauly.

"Hola, soy Jake Fleming. Hablamos por teléfono sobre el autobús amarillo. ¿Supongo que eres Pauly?", pregunto.

Pauly, un caballero mayor de poco más de setenta años de constitución sólida con un cuello corto, hombros grandes y anchos, lo que lo hace parecer bastante amenazador. Su voz, sin embargo, es todo lo contrario. Cuando responde, suena como si un chico me estuviera respondiendo.

"Hola, señor Fleming, me alegra que haya venido. Todavía estamos interesados en ver el autobús, ¿verdad?"

"Sí, lo estoy, Pauly. Antes de echar un vistazo, ¿hay algo que pueda contarme al respecto?"

"Bueno, señor, es toda una historia. Espero tenga un par de minutos".

"Sí."

"Pues bien, todo empezó cuando el padre de mi abuelo fundó U-Wrecks en 1904. Mi padre asumió el control en 1939, justo antes de la guerra. Nací en 1950 y me hice cargo del negocio en 1980, y a mis setenta y cuatro años todavía sigo aquí, vivo y coleando. La fabricación de automóviles en Australia se disparó en los años 70, creciendo hasta un máximo de casi medio millón de vehículos, y el negocio creció con él. En aquel entonces, Australia era mejor conocida por el diseño y la producción de grandes autos musculosos como el Murano y otros vehículos de pasajeros de gran tamaño. Más automóviles significaban más accidentes de tráfico y más reparaciones, y el negocio siguió creciendo a medida que la fabricación se mantenía sólida. Demonios, en 2004, Australia todavía fabricaba más de 400.000 automóviles y aquí estamos. ¿Preguntas?"

"No precisamente. ¿Qué tal el autobús?" Pregunto. Intento no demostrarlo, pero estoy un poco molesto; No pregunté por la historia completa del negocio de Pauly. Aun así, me digo a mí mismo que tiene permitido divagar, teniendo su edad. Las personas mayores tienden a recordar el pasado simplemente hay que escucharlas con educación.

"¡El autobús, por supuesto! Ahí es donde la historia se vuelve realmente loca. Mi padre me lo contó una noche cuando yo tenía 17 años. Dijo que un hombre alto y barbudo entró al patio en 1967 después de estacionar el Blue Bird afuera. Mi padre salió, lo vio y se enamoró de él. No podía usarlo él mismo, pero pensó que podría venderlo como auto de segunda mano. Le preguntó al extraño cuánto y el hombre le dijo que costaba 100 dólares".

"¿En serio? ¿Un centenar?"

"Sí, señor. Esto es lo que él dijo. Pero había dos condiciones para la venta. En primer lugar, la venta posterior del Blue Bird sólo podría producirse si la persona que deseaba comprarlo insertaba la llave en el contacto y el autobús arrancaba. De lo contrario, no habrá venta".

No digo nada, pero parece un poco extraño. Cualquiera puede poner una llave en el contacto.

"¿Y la segunda condición?"

"El precio sólo aumentaría diez dólares al año hasta que se vendiera".

Tuve que parar y hacer algunos cálculos mentales. Esto significaba que desde 1967 hasta este año, 2024, el precio debería ser de $670, suponiendo el precio original de $100 y 57 años de un aumento de $10 al año, lo que suma $570.

"Esa es la propuesta más extraña que he oído jamás. Entonces, ¿su padre estuvo de acuerdo?"

"De hecho, sí. Me dijo que pensaba que el anciano parecía un poco distraído, ya que tenía unos 60 años y parecía estar bajo la influencia de las drogas. Pensó que seguiría adelante con el trato, no se preocuparía por las condiciones y ganaría dinero vendiendo el autobús por mucho más de lo que lo compró".

"¿Y luego qué pasó?"

Pauly parece aprensivo, pero después de un momento continúa.

"Bueno, señor Fleming, según mi padre, el hombre barbudo debe haber leído la mente de mi padre, porque tomó su mano y lo miró directamente a los ojos y mi padre simplemente se quedó paralizado".

"¿Qué quiere decir con que simplemente se quedó paralizado?"

"Exactamente lo que acabo de decir. Se quedó paralizado como en trance. Cuando se recuperó, inmediatamente le dio al hombre los $100 y le hizo hacer el papeleo. Luego el hombre lo firmó y se fue. Desde 1967, mi padre intenta vender el autobús, tarea que me pasó a mí. Pero nadie ha podido utilizar la llave de contacto para arrancarlo. Como dije en el anuncio, está en perfecto estado. Nadie lo ha usado nunca".

"Si esa es toda la historia, Pauly, deje que le pregunte; ¿Cuál es el precio hoy?" Pregunto, aunque sé la respuesta.

"$670." Escuchándolo en voz alta, todavía me cuesta creerlo.

"¿No es una broma?"

"No señor. Si puede iniciarlo, puede adquirirlo por $670, como se anuncia. También recibirá el sobre que lo acompaña".

"¿Sobre? ¿Qué sobre?

"Mis disculpas, señor Fleming. Olvidé mencionar que hay un sobre que es parte de la venta. Tiene instrucciones para el nuevo dueño."

"¿Qué contiene?"

"Ni idea. Mi padre dijo que nunca lo abriera, así que nunca lo hice".

Esta pequeña misión para satisfacer mi curiosidad ha resultado ser una tarde bastante interesante. Miro mi reloj y decido que sería mejor llamar a Jessie y decirle que se tomara un poco más de tiempo. Lo necesitaría.

"Necesito salir un momento para hacer una llamada rápida", le digo a Pauly.

Saco mi móvil, llamo a Jessie y, después de varios timbres, contesta. "¿Ya estás listo? Todavía estoy comprando y puede que necesite una hora más o menos".

"No Jessie, de hecho, estaba escuchando la historia del autobús y necesito un poco más de tiempo, así que parece que podrás tomarte esa hora más o menos, y yo haré lo mismo. ¿Está bien?"

"Claro, pero recuerda Jake, no hagas ninguna locura antes de hablar conmigo, ¿de acuerdo?"

"Por supuesto cariño. Llamaré si tengo algo que compartir".

Después de terminar de hablar con Jessie, vuelvo y le hago una pregunta a Pauly.

"Pauli, ¿qué opina de todo esto? ¿Cuántas personas han intentado comprar el autobús?"

"Varios cientos de personas han intentado iniciarlo, pero como usted sabe, nadie ha tenido éxito. Ni siquiera yo puedo hacerlo. Es bueno que lo estacionemos en un cobertizo; de lo contrario, posiblemente no estaría en perfectas condiciones. Con el clima y todo eso".

"¿No le parece extraño?"

"De hecho, sí, señor. Podría remolcarlo y destruirlo, pero es un equipo muy hermoso. ¿Sabe mucho sobre el Blue

Bird?" Solo lo que he visto en las películas y programas de televisión".

"Entonces déjeme darle un poco más de historia. Blue Bird Body Company fue fundada en 1932 en Fort Valley, Georgia. El fundador, Albert L. Luce, hizo crecer la empresa hasta convertirla en uno de los mayores fabricantes de autobuses de EE. UU., y sus hijos continuaron con su legado. Australia no utiliza autobuses Blue Bird, pero son extremadamente populares y rentables en Estados Unidos. Blue Bird ahora es propiedad de una empresa de capital privado".

"¿Cómo dijo que el hombre barbudo llegó aquí?"

"No dije. Mi padre dijo que tomó el dinero, firmó los documentos de transferencia y se fue. Nunca más lo volvió a ver".

"¿Alguna vez descubrió el nombre del anciano?"

"Si y no. Un Me**in E**ys firmó el papeleo. Eso es todo lo que puedes distinguir del papel gastado. Recuerde, tiene 57 años".

"Ya conoce a Pauly. Esta es toda una historia. Hay mucho que asimilar. Me sorprende que aún mantenga el precio de $670 siendo que el vendedor ya no está".

Pauly se toma un momento para considerar su respuesta.

"Señor Fleming, mi padre me ordenó que hiciera exactamente lo que estoy haciendo. Ir en contra de las condiciones del acuerdo de venta podría poner en peligro a nuestra familia. Este hombre literalmente detuvo a mi padre en seco como si fuera una estatua, y mi padre luchó en la guerra de los Bóer entre 1899 y 1902 y no se asustaba fácilmente. Esa es suficiente advertencia para mí, así que me apegaré a su acuerdo. Si no puedo venderlo durante mi vida, mis hijos tomarán la antorcha. Quizás algún día hagan lo que yo no pude. Si no, recaerá en sus hijos y en los hijos de sus hijos, hasta que se venda el autobús. Ahora, ¿quiere verlo o no?

"Sí, quiero. Sí."

"Sígame entonces".

Pauly sale de detrás del mostrador y por la puerta. Espera a que salga, cierra la oficina y luego señala hacia el final de la colina.

"Allá. Sólo hay que caminar un poco hasta el cobertizo.

Caminamos en silencio, y lo único que puedo hacer es mirar a izquierda y derecha a las pilas de autos, Utes y camiones comerciales viejos y arrugados que estuvieron involucrados en accidentes y están esperando que alguien más recupere y reemplace una o dos piezas. ¡Qué negocio! De la miseria se gana dinero.

Pauly me lleva hacia la derecha mientras saluda a un par de trabajadores que apilan más vagones planos.

"Hola Jono, hola, Walter", dice mientras le devuelven el saludo.

Finalmente llegamos al brillante cobertizo. Parece tener ocho o nueve metros de alto y 15 metros de ancho, y fácilmente 20 metros de profundidad. Es un cobertizo grande y bonito. Similar al que tenemos detrás de nuestra casa. Puedo ver por qué mantuvieron el autobús Blue Bird aquí todos esos años. Debe quedar muy cómodo.

Pauly saca su llavero y abre la puerta principal, entra, enciende un interruptor de luz y ahí está: el autobús amarillo, en perfecto estado tal como dijo.

"Wow," es todo lo que puedo decir en voz alta mientras lo miro. Allí estaba, un autobús escolar Blue Bird de 1957 pintado en el tradicional "amarillo de autobús escolar", un color elegido específicamente por su alta visibilidad. Con el tiempo, en circunstancias normales, el amarillo podría haberse desvanecido ligeramente, dándole un aspecto más antiguo, pero en este caso era, como dicen los yanquis, "flamantemente nuevo".

El autobús cuenta con una carrocería redondeada y aerodinámica y la parte delantera presenta una nariz redondeada y prominente con una grande parrilla cromada y faros circulares. A ello se suman las grandes ventanas rectangulares a ambos lados, cada una con un marco negro. El logotipo de Blue Bird se muestra encima de la parrilla en la parte delantera del autobús.

Tiene una única puerta en la parte delantera del lado del pasajero para entrada y salida. La puerta suele ser del tipo plegable o corredera y se acciona manualmente. Aunque en ese momento estaba abierta, como si estuviera congelada en el tiempo.

El autobús tiene ruedas grandes y resistentes con neumáticos gruesos diseñados para soportar diversas condiciones de la carretera y lucir como nuevo. Las llantas son plateadas y brillan intensamente tan pronto como Pauly abre la puerta del cobertizo y la luz del sol entra y aterrizó sobre ellas.

Mientras camino alrededor del autobús, noto un tubo de escape visible que se extiende desde la parte trasera del autobús, indicativo de los motores diésel comúnmente utilizados durante ese período. Normalmente se ve hollín, pero esta tubería estaba impecable, como si nunca hubiera sido conducida.

En general, el autobús irradia un encanto nostálgico, reflejando la estética del diseño y la funcionalidad de la época.

"Una belleza, ¿verdad? Esto es tan grande como lo que llegó a ser Blue Bird, probablemente 40 pies de largo. Estos autobuses venían en versiones de empuje con motor delantero y trasero. Es bastante obvio cuál es; la parrilla en el frente lo delata. El motor está delante, bajo una gran cubierta, al lado del conductor. Lo llaman el *Curbside Classic.*"

Oigo hablar a Pauly, pero estoy demasiado atónito para responder. No puedo creer lo impecable que se ve el autobús. Está más que en perfecto estado; está impecable. ¿Cómo? ¿Después de todos estos años?

Por lo general, tiene letreros: "AUTOBUS ESCOLAR" escrito en letras negras en la parte delantera y trasera del autobús, con letreros adicionales que indican el distrito escolar o el número del autobús esta vez, sin embargo, todo lo que estaba impreso es una sola palabra: *Camelot.*

"Pauli, ¿qué opinas de este Camelot?"

Pauly sonríe.

"No es la primera persona que pregunta sobre esto, señor Fleming. Cuando crecí, investigué la palabra y además de las referencias obvias al místico Camelot y la presidencia de John F. Kennedy, resultó que hay un Sistema de Escuelas Públicas de Camelot en un pequeño pueblo llamado Fox Valley en la parte central de Georgia. con una población de

5.338 habitantes. En concreto, está en el condado de Bexar. Fox Valley no solo es el hogar del sistema de escuelas públicas de Camelot, sino también de los Camelot High School Warriors, que ocupan el tercer lugar en la liga de fútbol americano AA-American en el estado de Georgia. Ganaron el campeonato estatal en 2017, 2019 y 2022. El área ofrece a los residentes una sensación suburbana escasa, y la mayoría de los residentes son propietarios de sus casas con salarios medios en el rango de 163.265 dólares estadounidenses. Fox Valley disfruta de excelentes servicios y comodidades, como parques con jardines y ríos que están bien mantenidos gracias a los altos impuestos por el área del consejo. Los liberales y conservadores constituyen una proporción igual de los residentes de Fox Valley y trabajan juntos para implementar ideas inteligentes en beneficio de todos. "

Miro a Pauly, sin saber cómo responder. Le pregunté sobre Camelot y ahora me habla de la ciudad de Fox Valley como si estuviera leyendo una página de Wikipedia. Debe tener memoria de un elefante para recordar cosas así. Mi confusión no parece conmoverlo, ya que simplemente sigue adelante.

"Las escuelas públicas de Fox Valley, y en particular, el sistema de escuelas públicas de Camelot, están por encima del promedio, con estudiantes de primaria obteniendo buenos resultados en todos los niveles y más del 83% de sus estudiantes de secundaria obteniendo una beca HOPE del estado de Georgia".

"¿Descubriste todo esto a través de un motor de búsqueda?" -dejo escapar.

"Sí, así es. La conversación se vuelve más interesante cuando alguien pregunta. ¿No crees?"

Sintiendo que debía ser cortés con Pauly, asiento pero agrego; "Sí, pero ¿por qué sólo el nombre Camelot?"

Pauly simplemente se encoge de hombros y dice: "Continúe. Mire adentro", mientras señala hacia el autobús. Finalmente, libre de su lección, camino hacia la entrada sólo para darme cuenta de que está en el lado opuesto. Olvidé que era un autobús americano. Me reoriento y entro.

Lo primero que noto es el volante viejo y redondeado. No puedo explicarlo, pero de alguna manera parece como si estuviera esperando que alguien le pusiera las manos encima. Sin embargo, mi atención se dirige rápidamente a otra parte cuando veo el panel de instrumentos. Parece bastante moderno. Esperaba entre seis y ocho instrumentos, lo básico: velocímetro, presión de aceite, indicador de combustible, indicador de temperatura, etc. El panel tiene más de 40 indicadores e interruptores, demasiado modernos para un autobús de los años 50. Veo cosas como interruptores de luces antiniebla, un interruptor de encendido/apagado del control de crucero, un panel de atenuación de luz, un interruptor de luces direccionales, una luz de advertencia de inhibición de alcance, una pantalla táctil de 18 pulgadas y una radio digital. Incluso hay algunos que no reconozco, que ni siquiera puedo describir adecuadamente y ni siquiera puedo empezar a comprender para qué podrían usarse.

"Pauli, ¿cambió el panel de instrumentos de este autobús recientemente?" Pregunto.

"No. Ni siquiera he entrado al autobús. ¿Por qué?"

"El panel de instrumentos parece demasiado moderno. No hay forma de que sea el original de 1957, así que tengo curiosidad por saber quién pudo haberlo modificado. ¿Quizás uno de sus empleados hizo algún trabajo sin avisarle?

Pauly parece sorprendido ante la sugerencia y niega con la cabeza.

"No, mis hijos no tienen interés por venir aquí. Hasta donde yo sé, nadie ha hecho nada en el autobús desde que lo compró mi padre. Pero es curioso que mencione eso, porque tiene razón, se ha cambiado".

"¿Qué quiere decir?" Pregunto. Este autobús se vuelve más fascinante a cada segundo.

"Nunca ordené ninguna mejora al autobús, sin embargo, en los últimos años, algunas partes han sido... actualizadas".

"¿Como qué?"

"Por ejemplo", dice Pauly, señalando el pequeño escritorio detrás del asiento del conductor, "ese pequeño escritorio y esos enchufes y puertos USB no estaban allí en 1967. Aparecieron hace unos años. No me pregunte cómo. Luego, hace dos años, aparecieron los dos escritorios. Este autobús, señor Fleming, me da escalofríos.

Dejé escapar un pequeño resoplido.

"Vamos Pauly, no cree en fantasmas, ¿verdad? ¿Fantasmas mecánicos y tecnológicos además?

"No, señor Fleming, pero no se me ocurre ninguna explicación que tenga más sentido. Va en contra de la lógica".

Noto unas llaves colgando del contacto, como si me rogaran que lo encendiera. ¿Debería? Miro hacia el asiento. Está limpio y es moderno, no como los viejos y delgados asientos de los autobuses que veía en las películas.

En cambio, miro hacia la parte trasera del autobús. Aunque el interior está oscuro, iluminado sólo por el brillo de las luces fluorescentes del cobertizo que se derraman a través de las ventanas, puedo ver que no se parece a ningún autobús en el que haya subido.

El interior del autobús cuenta con dos filas de lujosos asientos de dos plazas dispuestos en siete filas. Estos asientos recuerdan a los lujosos asientos de clase *business* de un avión A380. Detrás de esa zona de estar, hay una amplia cocina/galera, completamente equipada con todos los utensilios, ollas y sartenes necesarios que un chef pueda necesitar. Incluye una mesa plegable con capacidad para seis personas.

A medida que me acerco a la parte trasera del autobús, noto pequeñas pantallas incrustadas en el respaldo de cada asiento, similares a las que se encuentran en los aviones modernos. Con curiosidad por las puertas de atrás, camino hacia ellas para investigar.

Antes de llegar a las puertas, veo el escritorio al que se refería Pauly con las dos computadoras de escritorio y varios cajones. Al inspeccionar el gran cajón inferior, noto quince cajas pequeñas con la misma etiqueta en cada una: Brazalete Polyglot versión 7.78.

Como nunca había oído hablar de esto de Polyglot, me dirijo a Pauly y le pregunto: "Pauly, ¿puedo abrir esta caja?

"Claro, adelante, pero vuelva a dejarlo en su lugar".

Abro una de las cajas y encuentro un brazalete. Saco el papel dentro de la caja y leo la descripción y mi boca se abre de par en par.

"Es un dispositivo universal de traducción y comunicación", volteándome hacia Pauly, le digo en voz alta y saco uno para inspeccionarlo, pero Pauly no me escucha.

Es un dispositivo multifuncional liviano fabricado con materiales duraderos con una superficie exterior lisa y pulida, con un sutil acabado mate que evita reflejos y huellas dactilares. La pantalla es una pantalla OLED delgada y flexible que envuelve la superficie exterior del brazalete. La pantalla es sensible al tacto, lo que permite una fácil interacción.

Me lo pruebo y descubro que el dispositivo es ajustable, con un mecanismo de cierre discreto que le permite ajustarse cómodamente al tamaño de mi muñeca. Inmediatamente veo que el sensor biométrico me detecta como un homo sapiens masculino y ajusta la configuración en consecuencia y comienza a tomar la temperatura corporal, el peso, el pulso, etc. "Está actuando como un Fitbit muy, muy avanzado", digo en voz alta nuevamente como si Pauly pudiera oírme.

La pantalla termina su análisis, y ahora comienza a detallar sus capacidades: primero, el brazalete tiene un sistema de micrófono y altavoz integrado, lo que permite una comunicación de voz clara conectándose a través de Bluetooth, permitiendo cuatro llamadas con manos libres y notificaciones de mensajes.

En segundo lugar, comienza detallando que está equipado con capacidades de traducción avanzadas que pueden traducir instantáneamente el idioma hablado en tiempo real, pero también puede hacer que la persona con la que esté hablando escuche en su propio idioma y viceversa. Espero una explicación de aquello, pero no recibo más definiciones.

Finalmente, el Brazalete Polyglot tiene muchas más capacidades, pero la más interesante de todas es que nunca se descargará, ya que obtiene su fuente de energía de la respiración del individuo, por lo que mientras el usuario esté respirando, el brazalete funcionará, por lo que no es necesario cargarlo. requerido.

Otra nota interesante es que el brazalete es intercambiable. Una vez que un usuario se lo quita, pierde todos los datos de ese individuo, otro individuo puede ponérselo y reinicia la sincronización con ese individuo.

Luego aparece una advertencia parpadeando en la pequeña pantalla: *"El uso de este brazalete para aprovechar el conocimiento actual del usuario para beneficio personal provocará un dolor neurológico severo y, en última instancia, podría provocar la muerte. Las repercusiones son nefastas y no deben subestimarse. Es imperativo que, bajo ninguna circunstancia, utilice conscientemente este brazalete para beneficio personal. Hacer caso omiso de esta advertencia le expondrá a un sufrimiento extremo y a consecuencias potencialmente fatales. ¡NO LO UTILICE A SABIENDAS PARA BENEFICIO PERSONAL!"*

"Si este es uno de los brebajes de Merlín, entonces irá bien con un autobús que viaja en el tiempo", pensé mientras me quitaba el brazalete y lo volvía a colocar en la pequeña caja, notando que la pantalla se quedaba en blanco mientras continuaba hacia la parte trasera del autobús.

Al llegar a la primera puerta, descubro detrás de ella una ducha completa, un lujo inesperado. La segunda y tercera puerta contienen cada una un inodoro, lo que proporciona amplias instalaciones para los pasajeros. La cuarta puerta contenía lo que parecía un enorme estante de almacenamiento para maletas, cabían entre diez y quince maletas grandes. La puerta de al lado tenía una despensa completamente equipada con todo lo que se pudiera imaginar e incluso incluía un congelador grande el cual abro y veo estaba abastecido de todo tipo de carnes, aves y pescados. Al lado había un frigorífico. Al abrir la puerta, veo dentro cartones de leche, huevos, queso, etc. De nuevo, bien abastecido.

La última puerta ofrece una vista sorprendente: un armario lleno de ropa y trajes de varias épocas históricas. Hay prendas de la época isabelina, de la Edad Media, del Renacimiento y más, todas en diferentes tallas y para hombres, mujeres y niños. Estas prendas están meticulosamente limpias, planchadas y cubiertas de plástico, como recién salidas de la tintorería. Este arreglo me recordó el estilo americano que encontré durante mis viajes de negocios a Nueva York. Toda la escena es bastante extraña e intrigante.

"Pauli, ¿puede volver aquí? Tengo una pregunta que hacer". Casi grito para asegurarme de que me escucha.

"No es necesario, señor Fleming. Tengo una buena idea de lo que va a preguntar. No tengo idea de cómo llegaron esas cosas allí". Su voz suena apagada y lejana; Él todavía está parado justo afuera de la puerta. Vuelvo al asiento del conductor y lo miró fijamente. Está mirando la puerta como si hubiera un campo de fuerza invisible que le impidiera entrar.

"¿Tiene miedo de algo, Pauly?"

"Señor Fleming. ¿Recuerda que mi padre se quedó helado cuando el anciano le agarró la mano?

"Sí, lo recuerdo".

"Lo que me dijo no lo puedo repetir, pero tengo una palabra para describirle el autobús y puede responder a todas sus preguntas".

"Una palabra, ¿eh? Bien, ¿cuál es esta palabra?

"Magia."

"¿Magia? ¿Qué quiere decir con magia?

"Sólo eso, señor Fleming. Mi padre me dijo que este es un autobús mágico y misterioso. Eso es todo lo que dijo y nunca más volvió a hablarme de eso. ¡Una vez!"

"¿Autobús mágico y misterioso? Sí, claro. Está empezando a sonar como si estuviera tratando de llevarme a dar una vuelta.

—No estoy haciendo nada de eso, señor Fleming. Está haciendo preguntas que no puedo responder. Créame, lo he intentado. A lo largo de los años, me he preguntado cómo los neumáticos nunca se han desinflado, cómo la pintura no se ha oxidado, cómo las cosas aparecen y desaparecen como para mantenerse al día con la modernización de la tecnología. He tenido gente que ha venido a inspeccionarlo, y nadie, y quiero decir, nadie, que inspeccione el autobús ha podido arrancarlo, y mucho menos abrir el compartimiento del motor. Están tan confundidos como yo. ¡No hay otra explicación que la sobrenatural! Pauly se pone nervioso ahora. En cualquier otra situación, podría tomarlo como una mentira, pero parece genuinamente desconcertado por el Blue Bird. Independientemente de si es verdad, él ciertamente cree que hay algo mágico en este autobús.

"Está bien Pauly, cálmese. Veamos si esto funciona o no antes de que le cause una enfermedad coronaria".

Al sentarme en el asiento del conductor, siento que el suave cuero se hunde bajo mi peso. Envuelvo mis manos alrededor del gran volante circular. Nada más tocarlo siento un ligero cosquilleo en las manos, pero nada más. Sólo nervios. Alcanzo el contacto, lo enciendo y el autobús arranca como si fuera un vehículo nuevo recién salido de la línea de montaje.

"Que me condenen", pienso para mis adentros. Funciona.

"¡Señor Fleming, ya empezó! Pensé que nunca vería que esto sucediera en mi vida. ¡Increíble, simplemente increíble!"

Asegurándome que el autobús esté estacionado, me bajo y paro junto a Pauly, mirando el autobús mientras el motor ronronea como un gato contento. Sin toser, sin farfullar.

"Pauly, ¿cómo es que la transmisión es automática? Oh, no importa. Magia. ¿Cierto?"

Pauly simplemente asiente.

Entonces pregunto: "¿Qué tipo de motor tiene? ¿Gasolina o diésel?

"Ni idea. Nunca pensé en comprobarlo. Suena casi eléctrico, ¿verdad? Ni un sonido, sólo el zumbido perfecto y uniforme del motor en marcha. Extraño."

"¿Eléctrico? No creo que hubiera autobuses eléctricos circulando en Estados Unidos en 1957 ni ningún vehículo eléctrico producido en masa en las carreteras. Simplemente tiene que ser algo más. ¿Alguna idea, Pauly?

"No señor, y tampoco puedo aventurar una respuesta lógica".

"¿Podemos verlo?"

Pauly, que todavía evita cuidadosamente poner un pie en el autobús, me hace un gesto para que quite la tapa del motor al lado del asiento del conductor. Antes de eso, me siento nuevamente en el asiento del conductor, apago la llave de encendido y vuelvo a girarla para ver si arranca. Simplemente empieza de nuevo y ronronea como un gatito. Me encanta el sonido. Ahora hago lo mejor que puedo para quitar la cubierta según las instrucciones de Pauly, pero no puedo lograrlo. No hay pernos, ni tornillos, nada que permita a alguien abrirlo y echar un vistazo al motor.

"No consigo que se abra. Ni siquiera parece que pueda hacerlo —digo, derrotado.

"De alguna manera, eso no me sorprende. Supongo que tendrá que ponerse en contacto con el fabricante o buscar la información en Google, señor Fleming", responde Pauly. Salgo al lado de Pauly y me quedo escuchando el autobús. Casi suena como si estuviera tarareando una canción. De hecho, el ruido del motor es bastante relajante, nada que ver con ningún otro vehículo enorme que haya escuchado.

"No te preocupes Pauly. Déjame apagarlo y ver si se reinicia por última vez. Podrían haber sido un par de casualidades".

Nuevamente, me dejo caer en el asiento del conductor y apago el motor. Esperando un minuto más o menos, vuelvo a girar la llave de contacto y, una vez más, el autobús arranca. Se siente cómodo. Se siente bien, como si estuviera en casa conmigo y con Jessie. Oh, Dios, ¿qué pasa si compro esto sin decírselo? Si lo compro sin consultarla ¿cómo se lo digo?

Me estoy adelantando, por supuesto. Intento reprimir esos pensamientos y volver al presente. Aún no me he comprometido con nada. Pero de nuevo giro la llave y el autobús se detiene sin problemas.

"Señor Fleming, creo que tiene el toque para este autobús".

"Puede que tenga razón, Pauly. ¿Le importa si me tomo un momento para hacer un par de llamadas?

"No, claro que no. Regresaré a la oficina. Quédese aquí y haga tantas llamadas como necesite.

Mientras Pauly camina hacia su oficina, juego con algunos de los interruptores y varias luces se encienden dentro del autobús, iluminándolo por completo y creando una vista bastante espectacular dentro del cobertizo. El autobús es magnífico; no hay duda al respecto.

¿Por qué funcionó conmigo?

Cuando termino de encender y apagar todas las luces, hago la llamada.

"Seguro de Michael Peterson. ¿Cómo puedo dirigir su llamada?"

"Hola, Jake Fleming, busco a Michael. ¿Está disponible?"

"Un momento por favor, lo transferiré".

Después de unos momentos, Michael se pone al teléfono.

"Jake, amigo, ¿cómo estás? ¿Cómo puedo ayudarte?"

"Hola Michael, estoy interesado en saber cuánto vale un Blue Bird Curbside Classic de 1957 en el mercado actual y cuánto costaría asegurarlo".

"Espera, Jake, un Blue Bird Curbside Classic de 1957. ¿Qué es eso?"

"Los has visto en películas y programas de televisión estadounidenses, Michael, son esos largos autobuses escolares de color amarillo brillante".

"¿Estás intentando comprar uno, Jake? ¿Para qué diablos?"

"Bueno, el autobús ya está convertido en caravana, no hay camas, pero sí muchos asientos, una cocina de buen tamaño, una ducha completa y varios baños. Entonces, sin las camas, sería un gran viaje por Australia simplemente parando en hoteles para dormir".

"¿Has hablado con tu señora sobre esto? La última vez, cuando compraste ese barco, Jessica me llamó para gritarme y ayudarte a conseguir un seguro para el barco. No quiero volver a pasar por eso", dice Michael, casi riendo.

"Sí, Jessie podría volver a hacer lo mismo, Michael, si compro esto sin consultarla", pensé al escuchar a Michael.

"Es por eso que ahora recibo solo una cotización, Michael, así que dime, ¿cuánto vale y con cuánto asegurarlo?"

"Está bien, no soy responsable si vas y haces algo sin consultarlo con ella. Déjame marcarlo en la computadora", dice. Un momento después, escucho pulsaciones de teclas de fondo y pronto regresa con una respuesta.

"Jake, el valor ronda los 196.000 dólares si está en buenas condiciones y más de 230.000 dólares si está en buenas condiciones. Para asegurarlo estaría en el rango de $2,500".

"Gracias por tu ayuda. Déjame decidir y te llamaré en un rato".

Al colgar el teléfono, me tomo un momento para reflexionar.

"$675 para comprar, $2,500 para asegurar y más de $230,000 en valor si está en buenas condiciones. El autobús está en perfectas condiciones y está equipado con la tecnología más moderna que he visto. Quizás este autobús sea realmente mágico," pienso en voz alta. He estado en el asiento todo este tiempo y cuanto más tiempo estoy sentado allí, más cómodo me siento, no sólo físicamente, sino también mental y emocionalmente. No importa lo que pase después. Necesito comprar este autobús ahora. Financieramente, es una obviedad, pero más que eso, de alguna manera puedo decir que es lo correcto.

Sacando las llaves del contacto, camino hasta la oficina de Pauly y declaro: "Pauly, lo aceptaré. Empecemos con el papeleo".

El papeleo no lleva mucho tiempo. Solo tengo que escribir algunas cosas simples como dos nombres, direcciones, etc. Acordamos nuevamente el precio por el que se vende esta cosa, casi me siento mal comprándosela a Pauly por $670, pero él insiste y yo no voy a dejar pasar este trato.

"Déjeme ir y limpiar un poco el jardín para que pueda sacarlo de manera segura, y le pediré a Jono que también firme la documentación. Regresaré en aproximadamente un minuto".

Mientras Pauly buscaba a Jono, llamé nuevamente al corredor de seguros y le dije a Michael que me asegurara. Escucho a Michael jadear y reír mientras toma nota de mi información y actualiza el sistema con todas nuestras políticas. Michael toma los datos de mi tarjeta de crédito y todo lo que dice es: "Ya está hecho. Ahora puedes sacarlo del jardín. Estás totalmente asegurado. Pero no creo que esté a salvo de la señora".

Mientras Michael estaba escribía toda la documentación, reviso los requisitos en Nueva Gales del Sur y descubrí que necesitaba una autorización de Transporte de Nueva Gales del Sur para conducir un autobús o autocar público de pasajeros con capacidad para trece o más personas y le digo a Michael que la mayor cantidad de personas que tendría en el autobús a la vez sería once. Michael dice que la póliza de seguro me cubrirá. Sólo tiene que identificar a todos los miembros de mi familia con sus nombres, edades y parentesco. Entonces, una molestia menos y algo positivo para compartir con Jessie.

Al regresar, Pauly dice: "Eso es suficiente, señor Fleming. Sólo hay una cosa más que conseguirle", va a una habitación trasera y, al cabo de unos minutos, regresa con un sobre amarillento y me lo entrega.

"Este es el sobre que viene con la compra, como mencioné antes. Me imagino que tiene instrucciones para la persona que lo inició, pero nuevamente, mi padre nunca lo abrió y me dijo que nunca lo abriera, así que realmente no tengo idea. Sea lo que sea, espero que le proporcione tantas respuestas como preguntas, señor Fleming".

Tomando el viejo sobre en mi mano, siento otro ligero cosquilleo en los dedos. Nervios otra vez, supongo.

"¿Va a abrirlo ahora?"

"No Pauly, esperaré hasta llegar a casa y lo leeré entonces. No hay prisa. Comienza. Estoy asegurado y el viaje debería ser fácil una vez que tenga todas las comodidades del autobús bajo mi protección. Ayuda que sea automático".

"Sí, es automático, y recuerdo que cuando tenía diecisiete o dieciocho años mi padre me mostró el embrague, así que no entiendo cómo y cuándo se convirtió a automático, pero ahora no es de mi incumbencia, señor Fleming, ahora es de su incumbencia. Buena suerte."

Dicho esto, le doy la mano a Pauly, camino hasta el cobertizo, subo al autobús y empiezo a ajustar el asiento y los espejos. Entonces, estoy listo para comenzar. Nuevamente, el suave zumbido me dice que estoy listo para partir. Piso suavemente el acelerador y me dirijo a casa.

El viaje a casa transcurre sin incidentes. Mantengo un ritmo constante, asegurándome de mantenerme dentro del límite de velocidad; no quiero probar suerte con un vehículo nuevo. Sin embargo, no hay ni un solo momento de incomodidad. Me siento como en casa en el autobús, como si lo hubiera conducido toda mi vida. Se maneja con tanta suavidad que parece más un sedán que un Blue Bird de 40 pies.

Al llegar a casa, me dirijo hacia nuestro amplio lote de tres acres. Cuando nos casamos, tuvimos la suerte de adquirir este generoso terreno. Le proporcionó a Jessie espacio para sus gallinas, les dio a nuestros hijos mucho espacio para jugar cuando eran pequeños y ahora sirve como el patio de juegos perfecto para nuestros nietos cuando vienen de visita.

En la parte trasera del lote, el propietario anterior había construido un gran cobertizo similar al de Pauly. Actualmente lo uso como almacén, pero podría fácilmente aparcar el autobús en su interior. Darnos cuenta de que tenemos el lugar perfecto para guardar el autobús parece casi profético. Hasta ahora, la sensación de que este autobús estaba destinado a ser nuestro no ha demostrado ser errónea.

Después de estacionar el autobús en reversa y apagarlo, me siento allí por un momento, mi corazón late un poco más rápido de lo normal. Entonces suena mi móvil y veo que es Jessie. Recojo.

"Hola cariño, ¿qué pasa?"

"¿Dónde estás? ¿Aún estás en el depósito de salvamento?

"No Jessie, estoy en casa. Apenas llegué."

"¿llegaste? ¿Cómo llegaste a casa?"

"Tomé el autobús a casa". Técnicamente, esto era cierto.

"Bueno, eso es una novedad para ti. Escucha cariño, Elizabeth me ha pedido que la ayude con algunas decoraciones, así que no llegaré a casa a tiempo para preparar la cena. ¿Qué tal si salimos a cenar esta noche? ¿Te parece?"

"Claro Jessie. ¿En algún lugar en particular?"

Jessie se toma un momento para pensar y luego dice: "¿Qué tal si eliges entre *White Sheep* o *Petite Maison?* Ambos son buenos lugares y no puedo elegir uno".

Ahora es mi turno de pensar. Jessie tiene razón; Es difícil elegir entre los dos lugares. Ambos ofrecen un entorno, comida, ambiente y privacidad excelentes, por lo que no me equivocaría con ninguno de los dos. Además, con buena comida y unas copas de vino, Jessie quizá no me pegara en la cabeza con la botella por comprar el autobús.

"Cariño, ¿te apetece hablar francés esta noche? ¿Un poco de vino?

"Oh, ¿te inclinas por *Petite Maison*? ¡Gran elección! Digamos a las 7:30 p.m. ¿Te veo ahí?"

"Es una cita. Nos vemos pronto."

Cuelgo y miro la hora. Son las seis de la tarde, tiempo suficiente para prepararse. Incluso puedo jugar un poco más con el autobús antes de partir. Al levantarme de mi asiento, recuerdo el sobre. Me siento, lo saco y lo abro. En el interior encuentro una vieja hoja de papel amarillenta que se ha descolorido, probablemente debido a la oxidación, la exposición a la luz u otros factores. La escritura está borrosa, pero incluso si no lo estuviera, sería difícil de leer. Algunas partes están escritas en lo que parece ser inglés antiguo o medio. A pesar de esto, y de las arrugas, rasgaduras, manchas y otros signos de desgaste, la escritura sigue siendo legible.

La carta comienza de manera extraña, con una ilustración que representa un carruaje viejo. Dice lo siguiente: *En la época del rey Arturo se utilizaba un gran carruaje de madera que podía transportar muchos pasajeros. En el interior habría bancos o asientos, junto con ventanas y cortinas para proteger a los ocupantes de las inclemencias del tiempo. El carruaje tenía ruedas con borde de hierro y un conductor sentado en una plataforma elevada en la parte delantera, dirigiendo a los caballos con riendas. El vagón circulaba por carreteras o caminos y se detenía en lugares designados para recoger o dejar pasajeros. El carruaje se utilizaba para transporte, comercio o turismo...*

De repente, siento electricidad en mis manos, como si una corriente corriera hasta las puntas de mis dedos desde la carta, y el autobús arranca automáticamente, a pesar de que saqué las llaves del contacto. Todas las luces se encienden, el motor zumba y de repente se escucha una voz en la radio.

"Hola, Jake Fleming. Me alegro mucho de que hayas sido tú quien encendió Camelot".

Dejé escapar un grito agudo que agradecí que mi familia no estuviera para escucharlo.

Después de recuperarme del shock inicial del autobús aparentemente comunicándose conmigo, me levanto y miro a mi alrededor. Todas las luces están encendidas. El autobús arranca solo y estoy solo excepto por la voz que sale de la radio. Lentamente, toco las perillas de la radio para ver si fue una estación de radio la que se encendió y me habló. O tal vez sea solo una broma, algo que Pauly instaló antes de que yo hiciera la compra. ¡Diablos, tal vez me quedé dormido después de entrar al garaje y todo esto es un sueño!

"No, Jake, no estás soñando. Me comuniqué contigo a través de este dispositivo. Tengo entendido que se llama radio. Quería contactar contigo inicialmente antes de aparecer ante ti. Avísame cuando estés listo para conocerme".

"¿Quién eres?"

"Mi nombre es Merlín Emrys".

"¿Merlín Emrys? ¿Qué clase de nombre es... espera, te refieres a Merlín, Merlín? ¿El que andaba por ahí con el Rey Arturo, de larga barba blanca, pelo blanco, sombrero puntiagudo y varita mágica? No eres el verdadero Merlín.

Merlín se basó en un druida histórico de los siglos V y VI que vivía en el sur de Escocia".

"Bueno, esa es ciertamente una forma en que me representan en el folklore. Soy un poco más moderno estos días".

"¿Y esto es real? ¿No es como ese viejo programa americano *Candid Camera*? ¿Alguien va a saltar y decirme que sonría, haciéndome parecer un idiota?

"No, Jake, de hecho, soy yo, el único Merlín".

Me río. ¿Qué más puedo hacer? Esto es ridículo. No puede ser real. ¿Bien?

"Pauly, ¿es una broma? ¿Has instalado una cámara y un altavoz o algo así? Vamos amigo, se acabó la broma. Deja de tonterías y dime lo que quieres".

"Jake, voy a aparecer ante ti ahora. No entres en pánico. Simplemente siéntate en el asiento del conductor. Apareceré detrás de ti, sentándome donde está el escritorio. Mira ahora." Mi cara se ilumina con una gran sonrisa cuando me doy la vuelta. Nadie volverá allí, y luego la voz de Pauly sonará en la radio diciéndome que me hicieron una broma. Será divertido, aunque un poco molesto. En cambio, veo a un joven de unos treinta años vestido con pantalones cargo caqui y una camisa Nautica, con gafas de sol en la parte superior de la cabeza.

Todo lo que dice es: "Hola Jake. Soy Merlín".

Grito de nuevo y me siento en el asiento del conductor no hay manera de alejarme de él.

Comienza a caminar hacia mí y dice: "Cálmate, Jake. ¡Todo está bien! Como dije, soy Merlín. Encantado de conocerte", dice el hombre mientras me extiende la mano. Lo miro fijamente en silencio durante varios segundos antes de alcanzar y tomar su mano con cautela entre las mías. Lo sacudo. Se siente real. Cálido. Fuerte. Joven.

"Apuesto a que tienes muchas preguntas, Jake, así que dispara, déjame respondértelas".

"Está bien, eres Merlín, o eso dices. El Merlín de la leyenda del Rey Arturo, ¿verdad?

"El único, en persona, aquí para darte la oportunidad de tu vida con mi carro o autobús, como tú lo llamas. El Camelot".

"¿Cómo es eso posible? Eres un mito. ¡En realidad nunca exististe!"

"Entonces, ¿cómo explicas que esté sentado frente a ti? Guay, ¿verdad?"

Haciendo como Pauline Hanson, líder del Parlamento Federal Una Nación en Australia, todo lo que digo es: "Por favor, explícame".

"Magia. Puedo hacer casi cualquier cosa que desee. Mis poderes mágicos son fuertes en todos los reinos en los que existo".

"¿Es así como el autobús, tu Camelot, ha podido cambiar y mantenerse al día con la tecnología moderna durante los más de 50 años que ha estado en ese depósito de salvamento?"

"Eso es correcto, Jake. Lo estacioné allí, lo vendí y decidí explorar el mundo de diferentes maneras y luego se me ocurrió una idea. ¿Qué pasaría si le diera a algún alma afortunada la oportunidad de viajar a mi Camelot y ver el tiempo y el espacio desde una perspectiva única? Así es como se me ocurrió este esquema. ¿Te gusta?"

Para ser honesto, no tengo idea si me gusta la idea o el plan, como lo llamó Merlín. Se hace llamar Merlín, pero lo único que veo es a un tipo con pantalones caqui. El autobús había estado en el desguace durante décadas; algún tipo completamente drogado podría fácilmente haber entrado y escondido. Pero entonces ¿por qué no lo oí entrar y salir de donde se escondía? ¿Cómo apareció aparentemente de forma instantánea? ¿Y cómo supo mi nombre? Pauly me llamaba Sr. Fleming y no recuerdo que nadie haya usado mi nombre mientras estaba en el autobús. Si se trataba de una broma, era increíblemente elaborada y claramente había requerido mucho tiempo y esfuerzo para prepararla. Sería de mala educación no seguirle el juego, aunque cuanto más escuchaba de este 'Merlín', menos seguro estaba de que me estuviera tomando el pelo.

"Mira Merlín, ¿para qué me necesitas? Compré el autobús porque sentí una conexión, una atracción hacia él. ¿Fuiste tú quien tiró o está sucediendo algo más?

"No Jake, te conectaste con Camelot y él contigo, por eso el motor arrancó y decidiste realizar la compra. Ahora déjame decirte por qué está aquí".

"Antes de comenzar, Merlín, una pregunta rápida. ¿Eres un hombre mayor o eres un hombre joven?

Recuerdas que Pauly dijo que un anciano le vendió el autobús a su padre, pero este tipo no es viejo. No podría haber estado vivo allá por los años 60. El hombre que Pauly describió sonaba mucho más como el Merlín de los libros de cuentos, pero si este tipo dice la verdad, ¿podría ser el mismo?

"Soy lo que ves".

"Está bien, no estoy seguro de lo que eso significa, pero adelante. Por favor, dime por qué el autobús está aquí".

"Camelot te llevará a una aventura a través del tiempo y el espacio donde y cuando quieras ir. Podrás viajar y observar, interactuar, mantener conversaciones, pero no utilizar tu conocimiento actual para obtener beneficios económicos personales. Todos los acontecimientos pasados en la historia de la humanidad son tuyos como si estuvieras viendo una película. Pero no se puede avanzar en el tiempo. Esto debe ser muy divertido. ¿No crees?

"¿Me estás diciendo que podría ver a Cristóbal Colón llegar a Cuba o a Neil Armstrong aterrizar en la luna mientras estoy dentro del Camelot?"

Todavía no estoy acostumbrado a llamar Camelot a este autobús Blue Bird. Se siente como si me estuvieran jugando una broma.

"¡Bingo! Aprendes rápido, Jake. Sí, podrás observar esos y otros eventos, buenos o malos, pero recuerda, no podrás obtener ganancias financieras. No puedo enfatizar eso lo suficiente. No podrás intervenir. Puedes hablar con Christopher y saludarlo, pero no decirle ningún peligro que se avecina, eso es todo. Y en el caso de Neil, puedes verlo cuando aterriza en la luna, pero no puedes decirle qué decir. Ya sabes, "un paso de gigante para la humanidad". ¿Entiendes?"

"¿Y cómo diablos va a funcionar esto? ¿Camelot usa *las reglas de Regreso al futuro*? ¿Estoy en un DeLorean?

"Jake, simplemente acéptalo. Es magia, amigo, y soy el mago más grande que jamás haya existido. ¡Penn y Teller no son nada frente a mí! Todo es posible."

Sacudo la cabeza con incredulidad. Un hombre al azar aparece en mi autobús, y se supone que debo confiar en lo que dice: tiene poderes mágicos y mi autobús puede viajar a través del tiempo y el espacio. No es ningún doctor Brown; Parece más un fumeta que un científico loco o un gran mago. "Es mágico" no es exactamente una respuesta que inspire confianza.

"Esto es un sueño. No puede estar pasando. ¿Qué le digo a Jessie? ¿Cómo explico el autobús? Ella explotará".

"Relájate, Jake. Tu encantadora esposa se divertirá con esto y también tus hijos, sin mencionar a tus nietos. Se lo pasarán genial, especialmente cuando les digas que faltarán a la escuela para viajar en el tiempo".

Las sorpresas siguen llegando con este chico.

"¿Qué, la familia está involucrada?"

"Por supuesto, Jake. ¿Por qué crees que diseñé el Camelot de esta manera con asientos extra cómodos, cocina, ducha y dos baños? ¡Es el viaje por carretera de tu vida, bebé, y tú estás al volante!

"Y si digo que no a esta loca idea, ¿qué pasa?"

"Nada. Yo desaparezco y te quedas con el Camelot hasta que alguien más te lo compre en, digamos... 57 años. Explícale eso a Jessie".

Aferrarse a un autobús inútil hasta bien entrada la vejez no será precisamente atractivo para ella, no importa cómo lo exprese. Si todo esto es real, no hay razón para que ella se enoje, pero convencerla de que en realidad compré el autobús de Merlín por $670 requerirá algo de trabajo. Sólo necesito pensar en un enfoque y Merlín puede ayudarme.

"Merlín, ¿podrás acompañarme a cenar esta noche en *Petite Maison* ?"

"¿Tu invitas?"

"Sí."

"Entonces sí. ¿A qué hora nos vemos?"

"Digamos que a las 8:00 p.m. Sólo dame unos minutos para preparar a Jessie."

"Esta bien amigo. Te veo allí." Con eso, Merlín desaparece justo frente a mis ojos antes de que le diga dónde. A medida que desaparece, también desaparecen las posibilidades de que se trate de una broma. Claramente, tiene habilidades mágicas, por lo que el autobús también debe tener algunas. Estoy parcialmente aliviado; Pensaba que era la broma más grande de la historia de la humanidad o que me estaba volviendo loco. Ahora estoy 99% seguro de que no es ninguna de las dos cosas, aunque nunca se sabe. Pero ahora tengo otro problema: ¿cómo voy a presentarle el plan de Merlín a mi esposa?

Con su abrupto acto de desaparición, supongo que Merlín sabe dónde está *Petite Maison*, así que me concentro en prepararme para pasar la noche. Todavía sentado en el asiento del conductor, llamo y hago una reserva para tres y luego voy a la casa y me cambio de ropa, llamo a un Uber y llego temprano para tomar un trago potente de algo que me dé coraje para la noche.

Al llegar poco después de las 7 de la tarde, veo a Marta con una gran sonrisa en el rostro, esperando para dejar entrar a sus clientes.

" *Ah, bonsoir señor Fleming. ¿Comment vas-tu la soirée?*

" *Très bien madame Marta. ¿J'espère que mon Français s'améliore?*

"Así es, señor. Como me pediste, tengo una mesa para tres lista para ti. Sígueme, por favor."

Marta me sienta, me entrega el menú y se ofrece a tomar mi pedido de bebidas.

"Estoy buscando algo fuerte pero único. ¿Qué me recomendarías, Marta?

"¿Qué tal El Presidente? Es una bebida de ron clásica que comprende 1½ oz. Ron blanco Havana Club, 1½ oz. Dolin

Vermouth Blanc, 1 cucharada de Grand Marnier, rematado con ½ cucharada de granadina real. Tiene una patada suave pero fuerte".

"Esta noche, estoy apostándolo todo. Vamos a probarlo. Mientras tanto, revisaré el menú".

"Por favor, hazlo. Timothée tiene algunas ofertas especiales para esta noche que pueden resultarte tentadoras. Volveré con tu bebida en breve".

El menú de *Petite Maison* siempre es interesante y las especialidades de Marta y Timothée son siempre una delicia. Estoy emocionado de ver lo que podría haber en la carta para esta noche, pero primero espero a que llegue mi bebida de coraje y, mientras lo hago, entra uno de los personajes más interesantes de Northport.

En valses Albert Matthew Guzmán, ex propietario de la peluquería más importante de todo Sydney, *Cut Me Crazy*, y copropietario de la recién creada peluquería *Locked & Loaded*. Albert y su socio comercial Danny Monk, propietario de *Village Books & Stuff*, son dueños de negocios muy respetados en la comunidad. Tienen interés en varios otros establecimientos en el área de Northport, incluida *Petite Maison*.

Albert me ve y pasa.

"Querido Jake, es un placer verte. ¿Estará Jessie aquí esta noche o tendrás una noche de solo chicos?"

"Hola Albert. Sí, Jessie se unirá a mí más tarde esta noche y también otro caballero. ¿Estás solo?

"No cariño, me reuniré con Danny para tomar un bocado y conversar un poco. Conoces a Danny, ¿verdad? "Todavía está confundido con lo que pasó con Alessia, ya que Alessia nunca respondió cuando él le hizo la pregunta", Albert hace signos de comillas en el aire, "cuando Danny se la hizo. Ay, los niños de hoy en día, ¿qué saben?"

No sé cuál era la pregunta, pero a juzgar por la entonación de Albert, podría haber sido sobre matrimonio o una inversión y no le fue bien al señor Monk. Hablamos un rato más y luego se dirigió a su mesa. Poco después de que él se fuera, Marta regresó con mi bebida.

"Aquí está su presidente, señor Fleming".

"Gracias Marta." Ella asiente y se aleja rápidamente, siempre eficiente. Tomo un sorbo de la bebida. Ella tenía razón; tiene una patada, pero es muy suave al mismo tiempo. El vehículo perfecto para el coraje líquido. A mi alrededor y al de Albert, el lugar se está llenando y miro mi reloj: 7:30 p.m. Como un reloj, oigo abrir la puerta y veo entrar a Jessie.

Jessie me había dejado en el depósito de automóviles y luego fue de compras y se compró ese nuevo conjunto. Después fue a visitar a nuestra hija para ayudarla a decorar la habitación de nuestra nieta Rachel. Ahora, luce increíble con un mono verde holgado de manga 3/4 y cuello alto, caminando con confianza con el estilo casual de una modelo. Dios mío, ella es hermosa. ¿Qué tanta suerte puede tener un chico?

Me levanto para saludarla y compartimos un beso.

"Hola Jake. ¿Esperaste mucho?

"No, Jessie. Nunca para ti. Por favor siéntate. ¿Una bebida?"

"¿Qué tal un poco de vino?"

Llamo a Marta y le pido que nos traiga una botella de Giaconda Nebbiolo 2012, que vi en la carta de vinos.

"Excelente opción. Se lo traeré inmediatamente con dos vasos, señor Fleming."

"Esta noche realmente estamos derrochando, ¿no? ¿Cuál es la ocasión?"

"¿Necesito una razón para pasar una buena noche con mi esposa, Jess? Vamos, tengamos una comida divertida. ¿Me pregunto cuáles serán los especiales de esta noche?"

Jessie simplemente sonríe. Espero poder contarle el tema de Merlín de una manera que no me explote en la cara. Con suerte, cuando aparezca, me ayudará en lugar de perjudicarlo.

"Señor y señora Fleming, qué placer verlos".

Miramos hacia arriba y allí está el señor Danny Monk, con un aspecto elegante, pero con una cara algo triste.

"Señor Monk, es un placer verlo", le digo, poniéndome de pie y extendiendo la mano.

"Señora Fleming, su marido me ha hablado mucho de usted. Estoy muy agradecido por cuánto apoya a mi librería", dice Danny Monk.

"Por favor, llámeme, Jessie", responde mi esposa. Y soy yo quien debería estarle agradecida, señor Monk. ¡Sabe mucho sobre autores locales y tienes tantas recomendaciones fantásticas! Recientemente, recomendó a Jake *The Universe Between Us* y *Mending Hearts at Crystal Cove* del autor local australiano JF Nodar. Tendré que agregarlos a mi extensa lista de lecturas".

"Sí, me propongo aprender todo lo posible sobre los autores locales para poder hacer las mejores recomendaciones a mis clientes", explica Danny.

"De todos modos, es un placer conocerla. Me encantaría hablar más, pero Albert me está esperando en nuestra mesa y no es el comensal más paciente del mundo", añade Danny con una sonrisa, un bienvenido cambio de la tristeza que había nublado su rostro cuando entró por primera vez.

Sentí que la pasión de Danny por la literatura local era evidente y estaba claro que se sentía inmensamente orgulloso de su trabajo. Asintió amistosamente por última vez antes de dirigirse hacia donde Albert estaba, el cual ya estaba mirando su reloj. Fue bueno ver a Danny de mejor humor, aunque fuera por un momento, mientras se alejaba con una sonrisa.

"¡Por supuesto! Disfruta tu comida", dice Jessie. Mientras Danny Monk se acerca a su mesa, Jessie y yo hablamos sobre sus compras para el cumpleaños de Milly y Jessie pasó a explicar las ideas de decoración adicionales que había compartido con nuestra hija Elizabeth para la habitación de nuestra nieta mientras esperábamos, mientras yo hacía todo lo posible para no mencionar el autobús mágico y a Merlín. Justo cuando se me han acabado las formas de bailar con mi extraña compra y la propuesta de Merlín, llega Marta con nuestra botella, la abre, nos sirve un par de copas y nos habla sobre las especialidades de esa noche.

"Esta noche, Timothée recomienda empezar con un pequeño risotto de champiñones seguido de una sopa de tomate prensada en frío. Luego un queso blanco y profiteroles. Como todos estos platos son pequeños, les sugiero que prueben también los *Petits Pois a la Francaise* con salmón noruego en rodajas. Justo cuando crean estar lleno, les presentaré pargo escalfado con patatas baby ahumadas y caviar. Luego, un pequeño desierto de ravioli de manzana asada con anís estrellado y pimienta blanca y, para terminar, queso de cabra envuelto en hojaldre. Por supuesto, complementaremos cada plato con vino y lo remataremos con una de mis bebidas favoritas para después de cenar, un jerez español con el nombre no tan español de Harvey Bristol Cream. Esta botella y comida serán gratuitas según las instrucciones del señor Monk y del señor Guzmán, señor y señora Fleming", dice Marta mientras sirve nuestras bebidas.

Me vuelvo y miro al señor Monk y al señor Guzmán, levanto mi copa y ambos levantan sus bebidas y me devuelven la sonrisa. Me vuelvo hacia Jessie y ella está sonriendo; *"Sí, la velada va bien"*, pienso.

Jessie parece tan asombrada como yo.

Esto es lo que esperaba, una velada tranquila. Quería pasar una velada agradable con Jessica, pero la oferta de Monk y Guzmán simplemente la hizo casi perfecta, porque fue un gesto encantador de su parte. Cualquier otra noche, podría protestar, pero esta comida excepcional podría ayudar a preparar el escenario para la aventura excepcional que estaba a punto de proponerle a Jessie.

"Es mucha comida, pero creo que me las arreglaré. ¿Y tú, Jake?" Jessie dice, volviéndose hacia mí. Estoy de acuerdo, miro mi reloj; son las 8:00 p. m., y justo en el momento justo, entra Merlín.

Por un momento, la charla que inunda la *Petite Maison* se detiene y el restaurante queda en silencio.

Merlín lleva un traje de Tom Ford hecho en Italia con una camisa blanca de cuello abierto y desabrochada. Está bien afeitado y tiene rasgos cincelados. Está vestido muy diferente al hombre vestido de caqui con el que había hablado en el autobús. Tiene buena pinta, demasiado buena. Llama la atención de todos en el restaurante, incluida Jessie. Ella deja de hablar a mitad de la frase para mirarlo mientras se acerca a nuestra mesa.

"Buenas noches, Jake. Ésta debe ser tu encantadora esposa, señora Fleming, un placer", dice mientras toma su mano y le da un beso.

"Oh hola. ¿lo conozco?"

"No, señora Fleming, todavía no hemos tenido el placer. Mi nombre es Sr. M. Emrys y soy un nuevo conocido de su marido. Acabamos de concluir una transacción comercial hoy y tuvo la amabilidad de invitarme a cenar aquí esta noche. Espero que no te importe la intrusión.

Si Jessie estaba nerviosa, no lo mostró. Más bien parecía fascinada con el señor M. Emrys.

"No, señor Emrys, siéntese. Simplemente íbamos a hacer ordenar", dice.

En ese momento Marta se acerca a nuestra mesa y Merlín le sonríe a Marta, quien inmediatamente queda fascinada por él. Ella lo mira fijamente con los ojos muy abiertos y todo lo que puede decir mientras apresuradamente le acerca una silla es: "Por favor, permítame". Merlín se sienta y sigue sonriendo a Marta.

"Por favor, cualquier cosa que haya recomendado para el señor y la señora Fleming está bien para mí. ¡Ah, y el vino tiene una pinta divina! Creo que es una Giaconda Nebbiolo 2012. Terroso con notas persistentes de pétalos de rosa, cereza negra, té frío y ramitas. Fresco en el paladar con abundantes y profundas frutas negras concentradas. Un ejemplo audaz pero bellamente clásico de la variedad Nebbiolo. Excelente opción."

" *Vous connaissez votre vin monsieur. Un plaisir de vous offrir votre propre verre.*"

"*Le plaisir sera pour moi*", le responde a Marta, quien prácticamente sale corriendo a buscarle un vaso.

"Bueno, no sé ustedes dos, pero yo muero de hambre", dice Merlín con una gran sonrisa.

Después de una conversación más alegre, los camareros nos traen la comida y disfrutamos de los deliciosos platos que Timothée ha creado. Cada bocado es encantador. Merlín se recompone bien; Por extraño que sea el elogio, come impecablemente. No deja caer ni una pizca de comida, y su tenedor y cuchillo parecen varitas mágicas flotando en el aire mientras corta sin esfuerzo su comida en bocados manejables. Tengo que reconocerlo; el hombre es un artista en la mesa.

Jessica y yo saboreamos el pequeño risotto de champiñones seguido de la sopa. Luego devoramos el queso blanco y los profiteroles, seguidos de los *Petits Pois* a la Francaise con salmón noruego en rodajas. El pargo escalfado con patatas baby ahumadas y caviar no tuvo ninguna oportunidad contra nosotros.

El vino estaba espectacular y pedimos una segunda botella. Jessie se veía mareada, pero no me importó. Se lo estaba pasando genial hablando con Merlín, que era exactamente lo que quería. Cuanto mejor dispuesta esté hacia él, más probable será que acepte nuestro plan.

Merlín continúa conversando y comiendo como si tuviera un segundo estómago.

"Espera el momento oportuno", Jake, me digo mientras espero el momento adecuado para llevar la conversación hacia el Camelot.

Como si fuéramos un equipo de giros tándem y sincronizado, Jessie y yo colocamos nuestros tenedores y cuchillos completamente llenos. Así de lleno no aceptaremos la oferta de Marta del desierto de ravioles de manzana asada con anís estrellado y pimienta blanca y tampoco el queso de cabra envuelto en hojaldre cuando nos lo pidió, pero, por supuesto, sí dejamos hueco para el jerez.

Una vez más, Merlín no tuvo ningún problema con el postre y, habiendo disfrutado tanto, pidió una segunda porción de hojaldre.

Jessie ahora estaba satisfecha. La combinación de comida sabrosa y buen vino ha hecho su trabajo y el ambiente es fantástico. Al ver mi oportunidad, estoy a punto de comenzar mi perorata sobre el autobús... pero alguien interrumpe.

"Parece que tuvieron una comida espléndida. ¡Lamento que no hayamos podido hablar mucho, pero me encantaría que nos juntáramos en el futuro! Albert dice con Danny Monk parado a su lado. Les presento a Merlín, quien los encanta a todos de inmediato, y luego, después de algunos intercambios más agradables, nos despedimos. Mientras se van, escucho a Albert decir algo.

"¿Cómo conocen a ese viejo? Parece Papá Noel, con esa gran barba tupida y pelo blanco".

No tengo ni idea de qué están hablando. Merlín parece tener poco más de treinta años y no tiene vello facial. Miro a mi alrededor buscando a un hombre que coincida con la descripción de Albert, preguntándome si estaban hablando de otra mesa, pero no veo ningún doble de Santa Claus. Me inclino hacia Merlín. Quizás él pueda explicarlo.

"¿Por qué piensan que eres viejo?"

"Ves lo que quieres ver", responde Merlín crípticamente. Entonces recuerdo lo que me dijo en el autobús: *Soy lo que ves.* Quizás esto sea más parte de su magia. El anciano barbudo que vieron Albert y Danny Alessia era el mismo que vendió el autobús al padre de Pauly. Mientras trato de entender todo esto, Jessie habla.

"Ahora, señor Emrys, ¿cómo es que conoce a mi marido y cuál es esta transacción comercial que ambos concluyeron hoy?"

"Bueno, señora Fleming, Jake y yo nos conocimos hoy, tuvimos una gran conversación y pudimos concluir una pequeña transacción comercial que le interesará a usted y a su familia".

"Sí, pero ¿qué transacción? ¿Y cómo nos afecta a mí y a mi familia?

"¿Qué tal si dejo que Jake le explique?" Dice Merlín mientras sorbe su jerez. Me hace un gesto para que continúe y lo hago. Este es mi momento decisivo: o incorporo a Jessie o ella pensará que he perdido la cabeza.

"Conocí al señor Emrys en Pauly's mientras miraba el autobús escolar. Pudo confirmar la información que el gerente del depósito de automóviles, Pauly, le había compartido".

"¿Y qué tipo de información le confirmó el señor Emrys?"

"Bueno, aquí es donde las cosas se ponen complicadas, querida. ¿Quieres otro jerez?"

"No estoy bien. Al grano, Jake. ¿Qué estás tratando de decir?"

"En resumen, el autobús está en perfectas condiciones. No solo es un auténtico Blue Bird Curbside Classic de 1957, sino que tiene todas las comodidades de un autobús moderno y más. Cuando lo puse en marcha, ronroneó como un vehículo nuevo salido de la línea de montaje".

"¿Lo condujiste?"

"Lo hice, pero aquí está el verdadero truco: llamé a Michael, ya sabes, nuestro encargado de seguros, y le di toda la información sobre el autobús, y me dijo que su valor superaba con creces los 230.000 dólares. Apenas cuesta nada asegurarlo y Pauly me lo vendió por 670 dólares. ¡Sentí que se lo estaba robando!"

"Jake, ¿compraste el autobús sin hablar conmigo? ¿Por qué no me dijiste de antemano?

"Lo siento, Jessie, pero era una oportunidad que no podía dejar pasar. Y eso ni siquiera es lo más increíble de este autobús. Antes de que te enfades, y por una buena razón, ¿puedo contarte la historia que me contaron Pauly y el señor Emrys?

Jessie y yo hemos estado casados por más de 26 años, así que conozco la expresión de su rostro. Dice: 'Será mejor que proporciones una explicación plausible, o el autobús regresará a ese depósito de salvamento y es posible que tengas que quedarte allí también.' Desafortunadamente, mi explicación no es plausible. Sin embargo, es cierto y esperemos que sea suficiente.

"Según Pauly, allá por 1967..."

Y entonces, le cuento la historia a Jessie mientras Merlín simplemente bebe un sorbo de jerez y mira alrededor del restaurante. De vez en cuando centra sus ojos en Jessie, que está sentada allí viendo las palabras salir de mi boca. Puedo ver su mente trabajando horas extras para asimilarlo todo.

"... básicamente, el Sr. Emrys es el único Merlín del cuento del Rey Arturo y, como dije, el autobús... es mágico".

Jessie se limita a mirarme con los labios fruncidos y sus ojos entrecerrados hacia mí como flechas puntiagudas. Jessie continúa mirándonos a Merlín y a mí tantas veces que empiezo a preocuparme de que se esté mareando. Considero intentar explicarlo de nuevo, pero lo pienso mejor. Esto es algo que Jessie tiene que resolver sola.

Después de lo que parecieron horas de silencio, Jessie habla.

"Oh, eso es una historia, Jake. Me entretuviste por un tiempo. Bien, entonces compraste el autobús. Dios sabe lo que nos costará a largo plazo. Ya no estoy enojada, no después de esta comida, aunque desearía que al menos me hubieras hablado de ello. Lo que no entiendo es por qué sentiste la necesidad de inventar esta absurda historia de que el Sr. Emrys era Merlín. No necesitas escribir una novela de fantasía sólo para aplacarme; Soy una adulta, no una niña. Tú lo decidiste y ambos tenemos que vivir con ello. Lo hecho, hecho está, y si está tan valorado como dices, estoy segura de que la inversión valdrá la pena una vez que vendas el autobús. Diré una cosa: ahora dormirás en la casa del perro, señor Jake Fleming".

Mi expresión cae. Al menos ella no cree que esté loco, pero tampoco cree que esté diciendo la verdad. ¿Cómo se supone que voy a convencerla? No tengo poderes mágicos. Ni siquiera tengo el autobús conmigo. Miro a Merlín, impotente. Él es quien me puso en esta situación, y espero que pueda sacarme de ella.

"Señora Fleming. ¿Estaría bien si tomara su mano por un momento? Eso lo explicará todo", dice Merlín. Es como si leyera mi mente. Le lanzo una sonrisa agradecida. Jessie me mira, asiento y le hago un gesto para que tome la mano de Merlín.

Tan pronto como sus manos se encuentran, Jessie casi cae en trance. Al mirar profundamente a los ojos de Merlín, parece como si fuera transportada a un lugar distante. Sus ojos se ponen vidriosos y se abren de par en par con asombro ante lo que siente y ve, pero no veo nada. Quizás Merlín le esté mostrando algún tipo de visión. Después de un rato, Jessie retira suavemente su mano de la de Merlín y se sienta en silencio por un momento, ordenando sus pensamientos.

Después de un minuto, le pregunto si está bien.

"¿Qué acaba de pasar, Jake? ¿Tuve un sueño?"

"No, señora Fleming", responde Merlín. "La llevé a visitar al Rey Arturo. Caminó conmigo alrededor de la mesa redonda, donde el rey Arturo se sentaba con sus caballeros a conversar cordialmente. Tuvo unos minutos para escuchar. ¿Recuerda lo que escuchó?

"Sí, creo, pero no puede ser real. Estoy aquí en *Petite Maison*, no en la época del Rey Arturo, ¡que ni siquiera se supone que sea real! ¿Cómo es eso posible?"

"Magia", es todo lo que dice Merlín.

"Jessie, hay mucho que asimilar. ¿Qué tal si tú y yo vamos a casa y charlamos? Puedo intentar responder cualquier pregunta que puedas tener y, si no puedo, siempre podemos llamar a Merlín. ¿Está bien?"

"Seguro", dice Merlín haciéndole una señal a Marta para que le pida otro jerez.

"Sí, Jake, hagámoslo. Creo que el vino, la comida, el jerez y la experiencia han sido demasiado para mí. Y, por cierto, Jake Fleming, no se te perdona que hayas comprado el autobús sin consultarme primero."

"Entonces, ¿cómo puedo compensarte esto?"

"No puedes".

"¿Cómo compenso esto bebé, por favor dímelo?"

Jessie tarda mucho en responder, pero lo hace y me sorprende: "Si cometo un gran error que de alguna manera se difunde en todo el mundo, entonces y sólo entonces estaremos empatados. ¿Entendido Jake Fleming? Ahora vámonos a casa".

Bueno, eso nunca iba a pasar, así que me imagino que estaré en la casa del perro por mucho tiempo, le hago una señal a Marta para avisar que nos vamos, ella viene y se asegura de que todo esté bien, y salimos dejando a Merlín. para terminar su jerez.

Mientras salimos del restaurante, Jessie se vuelve hacia mí y me dice: "Oh, muchacho, Jake, ¿nos espera un aventón?".

"Sí, cariño. Todavía no sé cómo se lo vamos a decir a los niños".

"Sin embargo, vamos a evaluar este asunto del autobús justo antes de decírselo, ¿verdad?"

"Por supuesto, Jessie, debemos asegurarnos de saber cómo funciona todo en el autobús antes de hablar con ellos y llevarlos con nosotros".

Cuando abro la puerta del pasajero de Jessie, ella me da un rápido beso en los labios y comenta: "De todas las muchas situaciones problemáticas que has tenido conmigo a lo largo de los años, esta tiene que ser la más grandiosa de todas y si de alguna manera logramos arreglarlo, este autobús a la aventura, valdrá la pena".

Le sonrío y solo le digo: "Sube al auto que tengo hambre, volvamos a casa".

"¿Tienes hambre, pero acabamos de comer?"

La miro y Jessie sonríe. "Ah, ya entiendo, no comimos postre", y nuevamente me da un beso, esta vez con tanta pasión que sentí que se me doblaban las rodillas. Me apresuro al lado del conductor, enciendo el auto y salgo directo a casa asegurándome de mantenerme dentro del límite de velocidad, pero ansioso por saber que Jessie estaba de buen humor esa noche.

A la mañana siguiente, durante el desayuno, discutimos nuestro plan, que era bastante simple. Íbamos a llamar a los niños y decirles que íbamos a hacer una excursión de un día a Dubbo para ver el nuevo zoológico y que usaríamos una caravana y nos alojaríamos en un parque de caravanas como experimento para futuras salidas en familia. No estábamos mintiendo. Queríamos llevar a los nietos a ver el zoológico en el futuro, así que ¿por qué no probar Camelot en el camino? Estaríamos de regreso en un día.

Jessie llamó por primera vez a Elizabeth para darle la noticia y Missy estaba muy emocionada al saber que la abuela y papá iban a explorar el zoológico con anticipación para llevarla a ella y a sus primos allí más tarde. Entonces Jessie llamó a Melody y estaba encantada porque el pequeño Michael estaba tan emocionado de escuchar la noticia como su primo anterior. Finalmente llamamos a

Robert, y él se mostró más curioso y seguía preguntando por qué hacer un viaje doble, primero solo y luego con los niños; "¿No sería más económico hacerlo solo con los niños y así ahorrar tiempo y dinero?" Esa era una pregunta razonable, pero Jessie la rechazó gentilmente. Ella explicaba con una sonrisa amable: "Solo queremos un tiempo a solas". Con eso, la conversación terminó elegantemente.

Al día siguiente, hicimos nuestras maletas, sin saber qué podríamos necesitar, pero asegurándonos de incluir artículos de tocador y medicamentos. Una vez listos, nos dirigimos al cobertizo donde estaba estacionado Camelot, nuestra nueva caravana mágica.

Jessie no había visto el autobús y cuando abrí la puerta del cobertizo, estaba asombrada como cuando yo estuve por primera vez ante el autobús amarillo impecable y brillante.

"Jake, ¿cómo va a viajar en el tiempo esta cosa? ¿Te lo dijo Merlín o hay un libro de instrucciones en el autobús?"

"Jessie, no tengo idea. Me imagino que las cosas funcionarán de alguna manera, pero primero subamos al autobús y miremos el interior".

Entré primero y nuevamente me sorprendió que instantáneamente las luces interiores se encendieran desde el frente del autobús hasta la parte trasera. Jessica simplemente dijo: "Vaya, las luces con sensor son como las de casa". Asentí, pero pensé que esos no estaban allí cuando compré el autobús. Merlín había vuelto a hacer mejoras.

Jessie fue a la cocina y miró alrededor durante unos diez minutos abriendo y cerrando cajones y encontrando diferentes alimentos básicos que ya estaban en la cocina.

Mientras ella hacía eso, me senté en el asiento del conductor y miré el panel de instrumentos con más detalle y nuevamente Merlín había hecho cambios. Además de los indicadores básicos antes mencionados, ahora había uno nuevo y tenía una etiqueta encima: La pantalla del Chrono Navigator Time Travel.

El Chrono Navigator tiene un exterior elegante y pulido con una elegante combinación de metal y cristal, que brilla suavemente con una luz de otro mundo. En el centro del dispositivo hay una interfaz táctil circular, rodeada de intrincados grabados de constelaciones y símbolos antiguos. Por suerte, tenía un botón de empezar aquí, así que lo presioné.

Inmediatamente las instrucciones comenzaron a imprimirse en la pantalla grande indicando que para operarlo, se debe comenzar ingresando la fecha y hora anteriores en la interfaz táctil. Los números y letras brillan al tocarlos, lo que garantiza precisión. Una vez configuradas la fecha y la hora, aparece una pantalla holográfica encima del dispositivo, que muestra una representación vívida de la era del destino, completa con detalles históricos y eventos clave de esa época.

A continuación, se especifica la duración de la estancia. Un dial separado en el costado le permite seleccionar la cantidad exacta de tiempo que desea pasar en el período elegido. La pantalla holográfica se actualiza para mostrar un temporizador de cuenta regresiva, lo que brinda una comprensión clara del tiempo restante.

Finalmente, se ingresa el siguiente lugar al que desea viajar. Esto se puede hacer a través de la interfaz o hablando en voz alta; La avanzada tecnología de reconocimiento de voz del Chrono Navigator puede interpretar con precisión sus comandos. Luego, el dispositivo muestra un mapa del futuro destino, resaltando puntos clave y de interés.

Con todos los parámetros configurados, se colocan las manos en el volante del Camelot y se conduce hasta alcanzar una velocidad de setenta y siete kilómetros por hora y luego el Chrono Navigator emitirá un suave zumbido y una suave luz envolverá todo el vehículo. En un instante, el autobús será transportado a través del tiempo y el espacio, llegando exactamente a donde y cuando el usuario pretenda. El Chrono Navigator garantiza una transición fluida, haciendo que el viaje a través de la historia y el futuro sea emocionante y sin esfuerzo.

Entonces una voz habla a través de la radio antigua: "Por favor, indique su destino. "

"¿Qué dijiste Jake? ¿No pude oírte? ¿Tengo la cabeza enterrada en la despensa? "

"Jess, termina ahí. Descubrí cómo hacer el viaje en el tiempo. Vamos a ver."

"Está bien, déjame terminar de buscar... dame uno o dos minutos más, Jake".

Mientras esperaba que Jessie terminara y llegara al frente del autobús, comencé a pensar en las posibilidades de lugares a los que viajar.

Tal vez podría comenzar con la antigua Roma, caminando por las calles adoquinadas y presenciando la grandeza del Coliseo en su mejor momento. Me imaginé con togas y carros pasando a toda velocidad. Simplemente asombrarme con las maravillas arquitectónicas y sumergirme en la vibrante cultura de un imperio en su apogeo.

O tal vez viajar a la época medieval, imaginando una visita a una bulliciosa ciudad castillo. Puedo verme con una armadura de caballero, explorando grandes salones adornados con tapices y asistiendo a un animado banquete.

Puedo imaginarme los sonidos de la música del laúd y las risas llenando el castillo y oler la abundante comida medieval sobre una fogata.

También una oportunidad en la época del Renacimiento, un período de inmenso despertar artístico e intelectual. Me encantaría ver o incluso conocer a Leonardo da Vinci, o ver a Miguel Ángel trabajar y pasear por las calles de Florencia con Jessie a su lado, pensé.

Entonces mi mente inmediatamente se dirigió al Salvaje Oeste americano. "Sí, puedo imaginarme vestido con todo el traje de vaquero cabalgando a través de paisajes vastos e indómitos", digo en voz alta disfrutando plenamente de que mi imaginación se apodere de mí. Vi polvorientas ciudades fronterizas, salones llenos de animadas conversaciones y la emoción de una partida de póquer de alto riesgo. La dureza y la cruda aventura de la época transmitían una sensación de libertad y exploración.

Pensé en los locos años veinte, una época de jazz, *flappers* y cambios sociales sin precedentes. Nuevamente imaginé que estaba sentado en la banca del piano en un bar clandestino, bebiendo un cóctel mientras escuchaba a Jessie tocar una melodía al estilo Ella Fitzgerald.

La siguiente posibilidad nunca se materializó porque Jessie apareció e interrumpió mi odisea mental de viaje en el tiempo.

"¿Jake, llamaste? ¿Qué tienes que mostrarme?

Le pido a Jessie que se siente en el asiento del conductor y le pido que presione el botón de inicio de Chrono Navigator y nuevamente repaso las instrucciones de uso y termino con lo familiar: "Por favor, indique su destino"

Jessica se dio la vuelta con la boca abierta y solo dice: "Maldita sea, Jake, esto es de verdad, cariño".

"Así es cariño, ¿adónde vamos?"

Podía ver la mente de Jessie dando vueltas con las posibilidades, pero tenía una buena corazonada de cuál sería esta decisión. Ella hizo sus estudios en la universidad sobre obras y arte clásicos, por lo que lo más probable es que esa sería la época que elegiría y que me vendría bien como primer viaje.

Justo cuando iba a preguntarle, Jessie se desdibujó: "El Renacimiento en Florencia. Siempre quise ver a Leonardo da Vinci y Miguel Ángel, presenciando de primera mano su genio. La idea de estar en una ciudad repleta de innovación artística y científica en un período de logros humanos sin precedentes tiene que ser el viaje definitivo para mí".

"Está bien, Jessie, iremos allí primero".

"Pero ¿qué quieres hacer Jake? ¿Tú también tienes voz y voto?"

"Cariño, compré el autobús sin consultarte, ¿qué tal si hacemos lo que tú quieres primero, está bien, y lo igualamos?"

Jessie me mira con una mirada sospechosa. Sus cejas están fruncidas mostrando que ese no iba a ser el caso. No estaba perdonado.

"Tú también pensaste en ir al mismo período, ¿no?"

Tenía que confesar, así que lo hice, y ambos nos reímos.

"¿Estás cómoda ahora Jessie? ¿Estamos listos para ir?"

"Estoy. ¿Conduces tú o yo? "

"Dios mío, ya tienes ganas de conducir este autobús grande, ¿verdad? "

"En realidad no, solo estoy siendo arrogante contigo".

Nuevamente nos reímos, pero estamos nerviosos. Supongo que ambos estamos pensando cosas como "¿Qué pasa si funciona para llevarnos allí pero no para regresar?" "¿Qué pasa si se queda sin gasolina?" "¿Cómo lo llenamos?" "¿Se necesita gasolina?" Nunca vi un tanque.

Una cosa de sentarse dentro de un autobús mágico con la puerta abierta y haberlo estacionado en reversa es que se puede ver quién viene por el frente del cobertizo y ambos miramos hacia arriba y encontramos a Merlín parado allí vestido como una persona del Renacimiento.

Su elegante apariencia se ve realzada por los intrincados detalles de su atuendo y su contagiosa y amplia sonrisa. Lleva un jubón confeccionado por expertos, hecho de rico terciopelo oscuro, adornado con intrincados bordados dorados a lo largo de las costuras y los puños. El jubón se ajusta perfectamente a él, resaltando su constitución atlética, y tiene botones ornamentados hechos de latón que captan la luz con cada movimiento.

Debajo, Merlín lleva una impecable camisa de lino blanco con mangas voluminosas que se asoman, los puños con volantes se extienden elegantemente desde las mangas del jubón mientras su escote está abierto, revelando un atisbo de un cuello de encaje finamente elaborado.

Los pantalones o calzones de Merlín están hechos del terciopelo a juego y se estrechan hasta las rodillas. Un sello distintivo de la moda renacentista, están ligeramente abullonados en los muslos y asegurados con lazos con detalles dorados.

Mirando sus piernas que están ajustadas en unas medias que combinan con el jubón y los calzones, enfatizando sus piernas delgadas y musculosas. Sus pies llevan un par de zapatos de cuero pulido con pequeñas y elegantes hebillas que brillan bajo la luz.

Está allí, sonriendo mientras sostiene un sombrero de ala ancha con un llamativo penacho de plumas de avestruz, inclinado alegremente hacia un lado.

Y finalmente, alrededor de su cintura, lleva un cinturón de cuero con una hebilla de intrincado diseño que ciñe el conjunto, con una pequeña daga envainada a su costado para darle un toque de practicidad y estilo.

Le hago un gesto para que se acerque y pienso: *"Joder, me voy a vestir así."*

"¿Viste los disfraces en el armario, Jessie?"

"No, todavía no he llegado allí. ¿Hay ropa de mujer ahí también?

"Sí cariño, de mujer y de niño, muchos disfraces de muchas épocas. Este autobús está preparado para cualquier cosa".

"Permesso di salire sul tuo carro, signore".

"¿Qué estás diciendo Merlín?

"¿No llevas tu brazalete, Jake?" pregunta Merlín.

Jessica me mira con curiosidad, como si preguntara de qué diablos está hablando.

"No, Merlín, no lo estoy usando y ni siquiera le he mostrado a Jessica esa maldita cosa. De todos modos, ¿cómo supiste que yo sabía lo del brazalete?

"Soy Merlín, sé muchas cosas. Ya deberías saberlo y estar acostumbrado, Jake. Veo que le mostraste a la señora Fleming el Chrono Navigator y se decidió por la era del Renacimiento".

Nuevamente miro a Merlín y pienso que puede leer la mente o que tiene un micrófono oculto en el autobús.

Anticipándose a mí, Merlín dice: "No, no puedo leer la mente, pero tengo mucha experiencia leyendo a la gente y además sé que la Sra. Fleming estudió en la universidad en este período de la historia, así que deduzco que esa sería su primera opción. ¿Estaba en lo cierto?

Jessica asiente con la cabeza.

"Genial, ¿entonces estamos listos para partir?"

"¿Vienes con nosotros Merlín? "

"Por supuesto, necesito asegurarme de que sepas lo que estás haciendo y luego podrás volver a tu propio tiempo".

"Bien, vamos. Merlín, ¿te importaría salir mientras saco a Camelot y luego cerrar las puertas del cobertizo mientras pongo el Chrono Navigator en 1495? Estoy seguro de que a Jessica le gustaría ver a Da Vinci pintar la Última Cena. "

"Non è un problema signore, lo farò subito".

"Maldita sea, necesito ponerme ese brazalete lo antes posible", me digo a mí mismo, así que le pido a Jessie que vaya al escritorio, tome el que ya está abierto y me lo lleve. Ella lo hace y lo coloco en mi muñeca y veo que Jessie también lleva uno puesto.

Una vez que el autobús sale del cobertizo y Merlín cierra la puerta del cobertizo, nos dirigimos hacia la M5, hacia el sur en dirección a Albury para encontrar un buen tramo de autopista donde pueda alcanzar los setenta y siete kilómetros por hora y no hay demasiado tráfico alrededor. para no sorprender a nadie.

Mientras conduzco por la autopista, veo a Jessie que viene hacia el frente del autobús vestida con un impresionante traje renacentista. Lleva un lujoso vestido de terciopelo en color verde esmeralda intenso, con un corpiño ajustado con intrincados bordados dorados y mangas abullonadas que se estrechan elegantemente en las muñecas.

El vestido fluye hacia una falda amplia que barre con gracia el suelo. Su cintura está ceñida con un cinturón con joyas y una delicada gorguera de encaje rodea su cuello, añadiendo un toque de sofisticación. Su cabello, peinado en ondas sueltas, está parcialmente recogido con alfileres con incrustaciones de perlas, lo que enmarca su rostro maravillosamente. Irradia un aire de elegancia y belleza atemporal, capturando la esencia de la época del Renacimiento.

"¿Cómo te peinaste así, cariño?" Pregunto preguntándome cómo sabía cómo usarlo.

"Hice una búsqueda en línea y vi un video. No fue demasiado difícil. ¿Te gusta?"

"¿El escritorio funcionó?"

"Como un encanto, Jake".

"Y sí, me gusta lo que veo. Te ves deslumbrante".

"Gracias Jake."

Jessica mira a Merlín y dice: "Me alegro de que ahora llevemos los brazaletes. Ahora podemos entenderte si decides hablar con nosotros en italiano o con cualquier otra persona si lo que leo en la pantalla es correcto".

"Es la señora Fleming. Podrás hablar en cualquier idioma y con el dialecto de la época. Nadie sabrá que estás hablando en inglés".

"¿Usted hizo esto Merlín?" —Pregunta Jessie.

"Digamos que se me ocurre y aparece mágicamente. ¿Esa explicación servirá?

"También lo será, ¿verdad?"

"También aprende rápido, señora Fleming".

"¿Merlín, un par de preguntas rápidas antes de alcanzar la velocidad mágica para viajar en el tiempo, si me permites?"

"Por supuesto, Jake, adelante."

"Entiendo lo que sucede cuando llegamos a la velocidad setenta y siete y el resplandor se apodera del autobús, pero ¿no llamará mucho la atención un gran autobús amarillo en la era del Renacimiento? "

"No, porque nadie puede ver el autobús excepto ustedes dos y yo, siempre y cuando usen el brazalete, que es algo que deben hacer siempre. Si no llevan el brazalete no podrán ver el autobús, ¿entendido?

"Está bien, entonces tendremos que recordar eso. Segunda pregunta. Una vez que llegamos al destino elegido, ¿cómo sabe el autobús dónde debemos estacionar o llegamos al destino, golpeamos la acera y el autobús continúa a la velocidad actual?"

"Excelente pregunta, Jake. Una vez que el destino y la hora se colocan en el Chrono Navigator, conocerás los detalles de la época y levitarás sobre la ubicación, permitiéndole seleccionar el lugar de aterrizaje adecuado".

"Está bien, ¿y cómo manejamos eso?"

Señalando un pequeño botón, Merlín agrega: "Simplemente activa este pequeño botón aquí grabado con un pequeño ícono que representa un autobús flotando ligeramente sobre el suelo. Al presionarlo se inicia una secuencia que activa potentes sistemas de propulsión electromagnética debajo del vehículo. Una vez que presionas el botón Jake, el vehículo desciende o se eleva suavemente del suelo, flotando sin esfuerzo a aproximadamente un pie sobre la superficie o cualquier obstáculo que pueda encontrar. La sensación es similar a la de flotar, con un sutil zumbido del sistema de propulsión audible dentro de la cabina. La activación del botón va acompañada de una luz indicadora que se vuelve verde en la consola, lo que indica que los modos de levitación y aceleración mejorada están activos".

"Eso es asombroso Merlín y cómo..." antes de que pudiera terminar la oración, Merlín responde a mi pregunta.

"Cuando programas el próximo destino, ya sea un nuevo período o simplemente regresar al tuyo, el Chrono Navigator, utilizando la base de datos interna en el sistema de autobuses, sabrá el tipo de camino que se espera y se ajustará en consecuencia al permanecer en modo levitación o cambiando a los neumáticos del autobús".

"Yo también tengo una pregunta, Merlín", responde Jessica.

"Por favor, señora Fleming, pregunte".

"Primero, llámame, Jessie, y deja lo de la señora Fleming. En segundo lugar, digamos que tomo un frasco de café de la despensa, lo dejo caer y se rompe por todos lados. No más café. ¿Cómo lo reemplazamos?

"Usted no tiene que. La despensa se repondrá sola. Deje que le enseñe. Vuelva ahora Sra., quiero decir, Jessie y toma los dos kilos de azúcar, abre una ventana y cuando no haya ningún auto detrás de nosotros, abre la bolsa y derrama el azúcar en la carretera. Vuelve aquí con la bolsa vacía. Jake, por favor, reduce la velocidad para que no alcancemos la velocidad setenta y siete todavía".

Solté el acelerador y observé cómo Jessie regresaba a la despensa a través de mi espejo retrovisor. Cuando Jessie llegó a la despensa, sacó una bolsa de azúcar sin dejar nada en la despensa y se dirigió a una de las ventanas cerca de la carretera, la abrió y asegurándose de que no hubieran vehículos siguiéndonos, vertió el azúcar y regresó a la despensa frente al autobús con la bolsa vacía.

"Está bien, Merlín, me gustó lo que dijiste. Ahora que."

"Bueno, Jessica, la despensa ahora debería reponerse con una nueva bolsa de azúcar de dos kilos. Yo no hice nada. No hay magia de mi parte, la magia la hace la despensa, así que regresa y mira si la bolsa de azúcar ha sido reemplazada".

Jessica regresa, abre de golpe la puerta de la despensa y rápidamente se tapa la boca con la mano derecha como si emitiera un leve sonido impactante. Regresa al frente del autobús y simplemente dice: "Jake, tenemos una despensa que nunca se acabará. La bolsa de azúcar se repuso de alguna manera".

Antes de preguntar algo, Merlín interviene: "Lo mismo ocurre con el frigorífico y el congelador. Nunca se vaciarán y nada se estropeará jamás. Bebé mágico, pura magia. Ahora Jake, llega a setenta y siete para que podamos viajar en el tiempo.

Mirando por el espejo lateral, no hay nadie detrás de nosotros y el camino por delante también está libre de tráfico, así que piso el acelerador y en menos de un minuto el autobús escolar amarillo llamado Camelot alcanza los setenta y siete kilómetros por hora y es sumergido en una luz brillante y desaparece en el aire.

El brillo se sentía cálido, casi como la luz del sol, pero con una cualidad de otro mundo y mi cuerpo sintió un cosquilleo, como si cada célula vibrara suavemente mientras, al mismo tiempo, me invadía una sensación de ingravidez, como si la gravedad hubiera perdido su dominio sobre mí. De repente sentí un momento fugaz de intensa presión, como si me comprimieran y expandieran simultáneamente. El sonido a mi alrededor se desvaneció, reemplazado por un zumbido profundo y resonante que sentía más que oía. Mi visión se volvió borrosa y luego pasó a una completa oscuridad, creando un momento de total privación sensorial. Entonces sentí como si estuviera en un vacío oscuro con una sensación de flotar a la deriva a través de una extensión infinita. Entonces el brillo reapareció, comenzando como un punto distante y creciendo rápidamente hasta envolverme nuevamente. Las sensaciones que sentí anteriormente regresaron en orden inverso: el zumbido se desvaneció, la presión se normalizó y el hormigueo disminuyó. Con una sacudida repentina, como la sensación de despertar de un sueño, veo una escena callejera desde arriba. Piso el freno de golpe y pongo el autobús en punto muerto.

¡El autobús flota sobre una ciudad!

"Jake, ¿qué diablos acaba de pasar? ¿Estamos allí? ¿Sentiste esa sensación cuando el resplandor nos envolvió?" pregunta Jessie.

Me tomó un momento darme cuenta de que Jessie me hablaba y rápidamente respondí volteándome para mirarla en el asiento detrás de mí.

"Sí, qué sentimiento tan diferente. Lo sentí y aunque tuvieron que ser solo unos segundos, sentí como si un milenio de tiempo hubiera pasado por mi cuerpo. ¿Estás bien?"

"Sí, ¿y tú?"

"Estoy bien, simplemente sorprendido por lo que vi cuando reaparecimos. ¿Lo ves debajo de nosotros?"

Jessica se levanta, se inclina sobre mi hombro y ve la misma escena callejera mientras flotamos en el aire.

"Merlín, ¿estás bien?" —Pregunta Jessie.

"Seguro. No sentí nada. Estoy acostumbrado a eso. ¿Te gusta lo que ves?

"¿Cómo es que estamos flotando y no en el suelo?" Tuve que preguntar.

"¿Debo repetirte, Jake? El Chrono Navigator conoce su destino y época, por lo que ajustará el aterrizaje de tal manera que pueda seleccionar lentamente un lugar de aterrizaje una vez que haya evaluado la situación en tierra. Tómate un momento para mirar a tu alrededor, disfruta de la vista y selecciona un lugar de aterrizaje cuando estés listo".

Me di vuelta y miré por el capo del autobús y examiné la escena.

La calle de abajo estába llena de edificios de varios pisos, que exhibían fachadas ornamentadas con intrincadas mampostería, ventanas en arco y coloridos frescos. Algunos de los edificios tenían pisos superiores sobresalientes y balcones adornados con plantas con flores.

La calle en sí era de adoquines, irregular y desgastada por el uso constante, con callejones estrechos que se bifurcaban en varias direcciones, por lo que tienía sentido que el Chrono Navigator decidiera levitar sobre la calle.

Puedo ver puestos y carros cercanos instalados a los lados de la calle, cargados con productos como comida, especias, textiles y artículos artesanales, y los comerciantes parecen estar llamando a las personas que pasan con sus gestos con las manos.

La calle está llena de gente de todos los ámbitos de la vida, supongo por su vestimenta. Algunos vestían ropas finas y de colores brillantes; otros que, presumo que son artesanos, portan vestimenta sencilla y práctica y, por supuesto, se puede ver a los campesinos con prendas toscas y hechas en casa.

Las mujeres usan vestidos largos con corpiños ajustados y faldas amplias, y a menudo cubren su cabello con velos o gorros. Jessie encajará perfectamente con su conjunto.

Los hombres lucen jubones, calzas y capas, con sombreros de ala ancha o gorras en la cabeza, igual que el traje que lleva Merlín y que necesito encontrar y ponerme también.

Veo niños corriendo y jugando, persiguiéndose entre la multitud o mirando a los artistas callejeros que están aquí y allá trabajando por unas pocas monedas a cambio. Al igual que los músicos callejeros que veo en Northport y en las calles de Sydney.

A mi izquierda, en algunas calles, veo carruajes tirados por caballos traqueteando sobre los adoquines, transportando lo que presumo son residentes ricos de la ciudad o visitantes o comerciantes que transportan mercancías para el comercio.

Puedo oír a los numerosos burros y mulas, cargados con pesados fardos, zigzagueando entre la multitud. De vez en cuando, un jinete a caballo se abre paso, lo que aumenta la conmoción general.

Una sensación de energía y movimiento impregna la escena, reflejando los cambios dinámicos y la vibrante cultura del período del Renacimiento.

No puedo esperar a bajar del autobús, socializar y encontrar a Leonardo da Vinci. Me doy vuelta y miro a Jessie y Merlín.

"Está bien, el autobús se encuentra estable en punto muerto. No he apagado el motor porque supongo que si lo hago, caeremos como una piedra", y miro a Merlín, quien asiente con la cabeza. "Buen *razonamiento*", pensé.

Mirando a Merlín agrego: "Me voy a poner mi traje y cuando regrese podremos seleccionar un lugar de aterrizaje. Nuevamente, creo que simplemente conduzco y presiono el acelerador y el autobús se moverá en consecuencia, ¿correcto?" Merlín reconoce asintiendo.

"Me estoy volviendo bueno para esto de conducir autobuses", pienso para mis adentros, todo engreído.

Camino de regreso al armario de disfraces, selecciono un traje, me lo pongo y rápidamente regreso y me siento en el asiento del conductor listo para aterrizar en Camelot.

Antes de poner el autobús en marcha, escucho hablar a Merlín.

"Jake, ¿sei pronto, ti manca qualcosa?"

No entiendo ni una palabra de lo que dijo y luego me di cuenta de que había olvidado mi brazalete. Cuando empiezo a levantarme, Merlín coloca su mano sobre mi hombro y me entrega mi brazalete. Cómo lo consiguió tan rápido, no tengo idea.

"Gracias. En mi prisa lo olvidé. Esto no volverá a suceder".

"Bien porque no puedes darte el lujo de no hacerlo", dice y mira a Jessie, quien me miraba con la cara que decía: "Chico tonto".

Listo, ya con el brazalete puesto pongo la transmisión en marcha y aprieto lentamente el acelerador y empiezo a recorrer la ciudad desde arriba buscando un lugar para aterrizar y al poco tiempo encuentro uno y aprieto el freno.

Empiezo a descubrir cómo hacer que el autobús baje y nuevamente Merlín coloca su mano en mi hombro. Lo miro y lo veo apuntando una pequeña palanca con una flecha hacia arriba/abajo y la empujo hacia abajo y el autobús lentamente comienza a descender. Vuelvo a mirar a Merlín y le indico que lo contrario es cómo levantarse y él nuevamente simplemente sonríe y dice: "Aprendes rápido, Jake, aprendes rápido".

Aterrizamos suavemente en un campo a menos de un kilómetro de la ciudad y apago el motor y guardo las llaves en mi bolsillo.

"Bueno, gente, ¿y ahora qué?"

"Ahora encontramos a Leonardo da Vince. Debería ser fácil, es muy conocido por aquí", dice Merlín con una gran sonrisa.

"¿Y cómo llegamos a la ciudad?" Me doy cuenta de que es sólo un kilómetro más o menos. "Pero ¿mira este conjunto y estos zapatos, no están hechos para caminar por este tipo de camino, si se le puede llamar así", dice Jessie señalando el parabrisas delantero hacia una zona de tierra rocosa y fangosa.

"Tranquila mi señora Jessie, ¿hay un carruaje y un equipo de caballos esperándonos?"

"¿Qué? ¿Cómo?" Agrego rápidamente.

Nuevamente, esa gran sonrisa aparece en el rostro de Merlín, y yo simplemente respondo por él: "Sí, conozco a Merlín, bebé mágico, solo magia".

Entonces, abro la puerta del autobús, salgo y ayudo a Jessie a salir seguida por Merlín y en menos de un minuto un carruaje con dos caballos, de aspecto decente se detiene frente a nosotros.

"Yo tomaré las riendas, Jake. Estoy seguro de que no has hecho esto antes, ¿correcto?" dice Merlín.

"Por favor ilústrame. Me sentaré atrás con mi señora Jessica".

Tanto Jessie como yo nos subimos al carruaje y Merlín salta delante, toma las riendas y nos dirigimos a la ciudad de Milán en busca de Leonardo di ser Piero da Vinci.

Al llegar a la ciudad, comenzamos a escuchar los sonidos de la ciudad y su gente. Animales, niños gritando mientras juegan, comerciantes pregonando sus mercancías. Vemos pasar a una pareja de sacerdotes y Merlín detiene el carruaje y le pregunto: "Mi scusi, santità. ¿Sai dov'è il signor Leonardo di ser Piero da Vinci?

Para mi sorpresa no me oí decir en italiano: "Perdóneme, santidad. ¿Sabe dónde está el señor Leonardo di ser Piero da Vinci?" pero el brazalete funciona y uno de los sacerdotes responde con: "Il maestro è al refettorio di Santa Maria delle Grazie", o "El maestro está en el refectorio de Santa Maria delle Grazie". Y apunto hacia adelante y yo asiento, doy gracias y Merlín apunta los caballos en esa dirección.

Llegamos y nos encontramos con la iglesia, dividida en tres naves, reflejando el estilo propio de la Lombardía de inicios del Renacimiento, que presentaba bóvedas ojivales y una fachada a dos aguas desde su cubierta inclinada.

Al entrar paseamos tranquilamente y allí, en los lados más estrechos de la sala, encontramos a Leonardo di ser Piero da Vinci contemplando el comienzo de la Última Cena.

"Está bien, Jessie, esta es tu oportunidad. Ve y charla un rato con Da Vinci. Merlín y yo simplemente nos quedaremos aquí".

Jessie se asegura de que su brazalete esté bien ajustado, se acerca a Leonardo y comienza la conversación: "¡Guau, este lugar es increíble! ¿Eres... eres Leonardo da Vinci?"

Un Leonardo sonriente responde: "Efectivamente, lo soy. ¿Y quién podrías ser tú, mi visitante inesperada?"

"Mi nombre es Jessie, yo... uh... vengo de un lugar muy lejano. Siempre he admirado tu trabajo. ¿Puedes decirme qué te inspiró a crear este mural?"

"La última cena. Es una obra que tiene mucha importancia. Quería capturar un momento de profunda importancia espiritual y emocional. El momento en que Cristo revela que uno de sus discípulos lo traicionará. La reacción de cada apóstol refleja la agitación dentro del alma humana".

"Es verdaderamente una obra maestra. La forma en que retrataste las emociones, la tensión... es como si cobraran vida justo frente a ti. ¿Cómo lograste transmitir tanta profundidad?"

Un Leonardo pensativo se toma un momento para responder y da su respuesta: "No fue una tarea fácil. Pasé innumerables horas estudiando las expresiones y movimientos humanos. Quería que cada gesto, cada mirada, contara una historia. Mostrar la complejidad de la naturaleza humana y la divina".

"Si lo veo. Es sorprendente cómo lograste eso. Tienes un gran don para capturar la esencia de tus sujetos. ¿Alguna vez has pensado en pintar algo más... personal?"

"¿Personal? ¿Qué quieres decir?"

"Sabes algo así como un retrato que no trata sólo de la apariencia física sino también de la vida interior, el alma de la persona".

Asintiendo lentamente, responde a Jessie: "Entiendo lo que quieres decir, sí. Lo he considerado. De hecho, he estado contemplando un nuevo proyecto. Un retrato que encarna no sólo la belleza, sino también el misterio y la profundidad. Un rostro que invita al espectador a reflexionar, a imaginar la vida detrás de los ojos".

Con una gran sonrisa, Jessie añade: "Eso suena increíble. Creo que serías perfecto para ello. Tu capacidad para ver más allá de la superficie, para capturar lo invisible, no tiene paralelo".

Mirando fijamente a Jessie, Leonardo continúa su afirmación: "Me has dado mucho en qué pensar, Lady Jessie. Tu presencia aquí es... inspiradora. Hay algo en ti, una cualidad que no puedo definir del todo. Quizás seas la musa que he estado buscando".

"¿Yo? No sé nada de eso..." dice Jessie sonrojándose un poco.

Con una cálida sonrisa, Leonardo añade: "Tienes un aura única, lady Jessie. Si me lo permites, me gustaría capturarlo. Pintar un retrato que trascienda el tiempo".

"Oh, no amable señor, eso no será posible. Solo me preguntaba qué habías estado pensando como proyecto futuro. Has sido más que honesto conmigo al compartir tus proyectos futuros. Muchas gracias."

"Muy bien, aunque inesperado, has despertado una nueva visión dentro de mí. Empezaré a trabajar en este retrato y quizás sea mi creación más importante hasta el momento".

"No puedo esperar a verlo. Gracias Leonardo".

"No, gracias, Lady Jessie. Me has dado el coraje para embarcarme en este nuevo viaje. Estoy muy agradecido por esta inspiración adicional".

"Te dejaré ahora y volveré con mis compañeros. Ha sido un honor señor".

"El honor ha sido mío", y Leonardo se inclina ante Jessie y ella a su vez hace una reverencia y regresa con Jake y Merlín.

Mientras salen de la iglesia, Jake pregunta: "Bueno, ¿cómo te fue?"

"Oh, Dios mío Jake, fue fantástico. Leonardo es amable, pero tiene una personalidad reservada al mismo tiempo, lo noté por su comportamiento, pero presenta un porte muy elegante. ¡Qué emoción!"

"¿De qué hablaste con él, Jessie?" pregunta Merlín.

"Bueno, le pregunté qué lo inspiró a pintar el mural, cómo es capaz de transmitir tanta emoción en ese mural y, finalmente, qué está pensando hacer en el futuro".

"¿Y sus respuestas?"

"Básicamente, dijo que quería asegurarse de que su pintura reflejara las emociones y pasiones del alma humana".

"Sí, es una persona interesante. Se adelantó a su tiempo con este mural y, por supuesto, con todos sus otros inventos conceptuales, como el paracaídas, el helicóptero, un vehículo de combate blindado, el uso de energía solar concentrada y algunos otros".

"Cierto, Merlín. Entonces, ¿qué quieres hacer ahora, Jessie? Pregunto.

Mirando su brazalete, toca la pantalla y ve que hemos pasado casi un día en nuestra pequeña aventura, y les dijimos a los niños que solo estaríamos fuera un día, así que dice: "Vámonos a casa, Jake".

Miro a Merlín y me responde: "Vosotros dos, adelante. Ya sabes lo que estás haciendo ahora. Me quedaré aquí y disfrutaré de esta era por un tiempo. Podría pasar a verte en una semana o dos, ¿vale? Volvamos al carruaje y me despido".

Llegamos y encontramos Camelot exactamente donde lo dejamos. Merlín nos deja, se despide con la mano y regresa a Milán. Jessie y yo entramos, nos cambiamos rápidamente los disfraces y esta vez, en lugar de configurar manualmente el Chrono Navigator, uso el comando de activación por voz y simplemente digo: "Casa Camelot, llévanos a casa", y Jessie y yo vemos el resplandor envuelto en nosotros una vez más y desaparecemos.

No estoy seguro de cómo sucedió y cómo el Chrono Navigator lo supo, pero de alguna manera terminamos dentro del cobertizo, aunque con la puerta cerrada, pero todos de una sola pieza.

Estábamos en casa, sanos y salvos.

Jessie y yo salimos del cobertizo, lo cerramos y entramos a la casa y Jessie dice con total naturalidad: "Tengo hambre. ¿Qué tal si cocino algo ligero, lo dejamos en la barra del desayuno y luego nos vamos a la cama? ¿Te parece?"

"Claro, cariño, ¿qué tienes en mente?"

"¿Qué tal un poco de vino y una buena variedad de antipasto? ¿Suena bien?"

"Seguro. Yo traeré el vino y tú empiezas a preparar la pasta. ¿Te importa si enciendo la televisión y me pongo al día con las noticias?

"No, buena idea".

"Genial, déjame traer el vino".

Si bien Jessie y yo no somos expertos en vinos, nos gusta el vino, y hemos convertido una de las habitaciones más pequeñas en una especie de bodega y tenemos una buena colección de vinos. Algunas botellas de vino caras, pero en su mayoría a precios razonables, procedentes de España, Nueva Zelanda, Alemania, Francia y, por supuesto, Australia. Nuestra colección es de unas sesenta botellas, por lo que tenemos vino para disfrutar durante mucho tiempo. Tomo uno de esos vinos de España de precio razonable.

Miro hacia arriba y hacia abajo y me detengo en un Campo Viejo Rioja Tempranillo. Este vino tiene un rojo rubí intenso con toques de violeta, indicativo de su juventud y vitalidad y debería combinar bien con el antipasto. Mientras alcanzo la botella, escucho un fuerte estrépito, como platos cayendo al suelo, y Jessie grita mi nombre.

Temiendo lo peor, vuelvo corriendo a la cocina y encuentro varios platos en el suelo de la cocina salpicados por todos lados y a Jessie temblando.

Me acerco a ella y le pregunto: "¿Qué pasa cariño?"

Jessie no contesta y solo señala el televisor de la cocina y ahí veo a un locutor frente al Louvre en Francia así que subo el volumen. Lo que escucho es asombroso. El locutor dice:

"Buenas tardes damas y caballeros. Estamos informando en vivo desde el Museo del Louvre en París, donde se acaba de confirmar un hecho sorprendente y desconcertante. En un giro sin precedentes, la pintura mundialmente famosa, la Mona Lisa, ha sido alterada. Sí, escucharon correctamente. El famoso rostro de Lisa Gherardini, inmortalizada por Leonardo da Vinci, ha cambiado inexplicablemente para representar a una persona completamente diferente".

Haciendo una pausa para dar efecto, el locutor continúa: "Los funcionarios del museo han confirmado que la pintura alterada sigue siendo una obra auténtica de Leonardo da Vinci, pero cómo ocurrió esta transformación es un misterio que ha dejado completamente perplejos a expertos y autoridades".

A continuación, se ven breves fragmentos de la pintura alterada, que muestran un rostro nuevo, pero igualmente cautivador, con rasgos diferentes pero que aún conserva el toque inconfundible del genio de Leonardo. Se muestra a los visitantes y al personal del museo reaccionando con sorpresa e incredulidad.

El locutor continúa: "Los historiadores del arte y los científicos ahora están luchando por comprender las implicaciones de este fenómeno. Las pinceladas de la pintura, la composición de los pigmentos e incluso los bocetos subyacentes confirman que se trata, sin lugar a dudas, de una auténtica pieza de Leonardo da Vinci. Sin embargo, el sujeto es ahora alguien completamente diferente de la mujer que hemos conocido y venerado durante siglos".

"La especulación abunda. Algunos sugieren que esto podría ser obra de una falsificación increíblemente sofisticada, aunque los expertos han descartado esta teoría debido al nivel casi imposible de habilidad requerido para replicar la técnica de Leonardo de manera tan perfecta. Otros se preguntan si esto podría ser un caso de tecnología avanzada o incluso un evento sobrenatural".

"Por ahora, el mundo del arte contiene la respiración mientras se desarrolla este misterio. ¿Cómo ocurrió este cambio? ¿Quién es la nueva persona retratada en el cuadro? ¿Y qué significa esto para el legado de Leonardo da Vinci y una de las obras de arte más famosas de la historia? Estén atentos mientras continuamos brindándoles actualizaciones sobre esta extraordinaria historia. Soy Amélie Moreau, informando en vivo desde el Museo del Louvre en París. De vuelta contigo en el estudio".

Apago la televisión.

"Jessie, creo que podríamos necesitar algo un poco más fuerte que el vino. ¿Viste la nueva Mona Lisa?

"Sí."

"¿La reconoces?"

"Sí,"

"¿Qué más pasa con Leonardo y tu conversación con él?

Sintiéndose un poco incómoda por mi pregunta, Jessie duda un poco pero finalmente se arma de valor y dice:

"Él quería que posara para él como proyecto personal y por supuesto le dije que no. Pero parece que me usó como inspiración, como musa, y de memoria me pintó a mí y no a la persona original de la Mona Lisa".

"Bueno, cariño, compré Camelot sin consultarte y ahora cambiaste la historia en lo que respecta a la Mona Lisa. Yo digo que estamos empatados".

José F. Nodar

Arrojado a uno de los mayores desafíos de la vida con sólo once años, la historia de José comenzó en La Habana, Cuba. La revolución cubana lo obligó a subir solo a un avión y lo llevó a un orfanato en un pequeño pueblo de Georgia llamado Washington. No se reuniría con sus padres hasta que tuviera dieciocho años y se graduara de la escuela secundaria en Atlanta.

La administración de empresas se convirtió en su especialidad en la Universidad Estatal de Georgia. A partir de ahí, navegó por el mundo de las finanzas, primero en el First National Bank de Atlanta (ahora Wells Fargo) y luego como gerente de proyectos en consultoría financiera. Estos roles lo llevaron por Estados Unidos, Europa e incluso Australia.

Fue en Camden, Nueva Gales del Sur, Australia, donde una chispa encendió el lado creativo de José. Un grupo de escritores se convirtió en la plataforma de lanzamiento de su primera novela y pronto, de su mente nació Danny Monk, su primer personaje importante.

Actualmente, José es un escritor prolífico y trabaja en su séptima colección de cuentos junto con una nueva novela policíaca cuyo lanzamiento está previsto para 2026.

Pero la vida de José no se trata solo de escribir. Cuando no está creando historias cautivadoras, es posible que lo encuentres en el centro comercial local, observando el mundo y reuniendo inspiración para futuros personajes. Lejos de su computadora, se sumerge en libros o disfruta de largas y tranquilas caminatas con su esposa Miriam por Camden.

9 780097 566186 4